長編小説

孤島の蜜嫁

霧原一輝

目次

※この作品は竹書房文庫のために
書き下ろされたものです。

第一章　島で嫁と二人きり

1

吉岡隆一郎《よしおかりゅういちろう》は瀬戸内海に浮かぶS島の海岸線を、奈央《なお》に付き添われて散歩していた。

隆一郎は数年前に、友人が所有していたこの島内にある別荘を廉価《れんか》で譲り受け、現在ここにゼンソクの療養で来ている。

「ほんとうにきれい……。ここに来て、よかった……」

奈央がかるくウエーブした髪をかきあげ、海のほうを見た。

長く突きだした防波堤のはるか向こうに、幾つかの島々が見える。その前に、息子の嫁の惚《ほ》れぼれするような横顔がある。

二人がS島の小高い丘にある別荘に移ってきて、一週間が経過していた。

空気がきれいで、ストレスもないせいか、この島に来てからゼンソクは発作の兆候さえ見せず、隆一郎は健康を取り戻していた。

だが、隆一郎は体調とは別に、あらたな悩みを抱えていた。

それは、他人には言えない「懊悩《おうのう》」だった。

息子の嫁に対する肉体的欲望——。

今も、ノースリーブのワンピースを着て、海岸線を歩く奈央に、恋心に似た胸のときめきを感じてしまう。

それが胸のときめきだけならまだいい。だが、隆一郎が抱いているものはプラトニックなものとは言い難かった。

長年連れ添ってくれた妻を、四年前に癌《がん》で亡くし、それから女を抱いていない。なのに、もう枯れたと思っていた性欲が今また頭を擡《もた》げようとしていた。

(きれいだ……こんないい女なら誰だって邪心を抱くだろう)

隆一郎は、奈央を見て目を細める。

海も風も凪《な》いでいたが、時々起こる風でワンピースが奈央の肢体に張りつき、浮かびあがった女らしいボディラインや太腿《ふともも》の張り、下腹部の窪みに、体の奥で獣《けものじ》みた欲望がうごめいてしまう。

まさか、そんな目で自分を見られているとは思っていないのだろう。

「お体のほう、大丈夫ですか？」

奈央が心配そうに声をかけてくる。

「あ、ああ、平気だよ」

「でも、もう随分とお歩きになって……」

「心配するな。今日も調子がいいんだ」

「ここに来てから、一度も発作が起きていませんものね」

「ああ、S島に来てよかったよ。奈央さんには申し訳ないと思っているんだ。こんな私の世話をさせて……だけど、体調がいいのも、すべてあなたのお蔭だ」

言うと、奈央がとんでもないとでも言うように首を左右に振った。

「お義父《とう》さまにはどう映っているのか知りませんが、わたしもこの島を満喫しています。気候も景色も島民のみなさんも穏やかで……好きです、この島」

奈央が島を見あげた。

海岸線から登っていく丘の南側の中腹には、オリーブの木々が薄い緑の帯をなし、オリーブ園の管理と観光用に建てられた白い建物が点在している。

「そう言ってもらうと、こっちも楽になるよ」

言いながらも、隆一郎の視線は奈央の顔に吸い寄せられる。

セミロングのさらさらの髪が繊細な頬に張りついて、アーモンド形の目がしっとりと潤っている。どちらかと言うと清楚系の美人だが、時々見せる表情には何とも言えない艶《なまめ》かしさが宿ることがあって、そんなときは、隆一郎もドキッとしてしまう。

二年前に、息子の啓介《けいすけ》にこの人と結婚するから、と奈央を紹介されたときも、よしでかした、と啓介を褒めたくなったものだが、その思いはどんどん強くなっている。

「奈央さんを連れてくることには抵抗があったんだ。息子がひとりになってしまうからね」

歩きながら言うと、奈央が押し黙った。

やはり、夫を東京に残していることに、後ろめたさがあるのだろうか？　奈央が口を開いた。

「でも、啓介さんは大丈夫みたいですよ。ひさしぶりのひとり暮らしを満喫しているみたいですから。それに、啓介さん、じつは……」

「啓介が……？」

「いいえ、いいんです」

奈央は何か言いかけてやめた。

何を言いたかったのだろう？　やはり、あのウワサはほんとうなのだろうか？

啓介には、社内で不倫をしているというウワサがある。それも、相手はまだ入って一年も経たない二十三歳の新人社員だ。山崎景子《やまざきけいこ》と言って、性格は明るくかわいい感じの美人で、見るからに健康的な躍動感に満ちている。

どちらと言うと淑《しと》やかで落ち着いている奈央とはまったく対照的なタイプで、自分をかまってほしいというオーラを発しているから、ある意味、男には危険な女だった。

(奈央さんも、啓介と山崎景子との不倫に気づいているということなのだろうか？)

だとしたら、内心は決して穏やかではいられないはずだ。

次の瞬間、奈央が近づいてきた。隆一郎の腕と体の間に手を入れて、寄り添ってくる。

ここに移って一週間が経つが、奈央がこれだけ親密な態度を取ったのは、これが初めてだった。

(やはり、啓介の不倫を知っていて、当て付けているのだろうか？　いや、もともと俺にはやさしかった……)

これまでも、奈央の隆一郎を見る目に時々、女の媚《こ》びのようなものを感じて、ドキッとしたことがある。勘違いではなく、おそらく事実だ。今だって……。

奈央は、隆一郎の腕に胸を押しつけるように寄り添い、歩調を合わせる。

(まるで、恋人同士だな……いや、歳が離れすぎているから、愛人か?)

ワンピースの布地を通して、柔らかくふっくらとした乳房の弾力を感じる。もちろん、ブラジャーはつけているだろうが、腕に感じる胸は想像以上に豊かだ。

腕に伝わる弾力が全身へと波及していって、欲望が漲《みなぎ》ってきた。

(こんな気持ちになったのはいつ以来だろう?)

四年前に長根連れ添った妻の美知子《みちこ》を亡くしてから、仕事の多忙さと体調の悪さもあってか、女を抱こうという気にはなれなかった。しかし今、性感中枢が確実に動きだしていた。

だからこそ、先ほどの件を確かめておきたかった。

「奈央さんがさっき言いかけたことなんだが……」

話しかけると、奈央がゆっくりとアーモンド形の目を隆一郎に向けた。

「啓介がどうしたんだ? つづきを話してもらえないか?」

「……いえ、いいんです。わたしの中におさめておけばいいんですから」

「そう言われると、余計に気になる」

「いえ、ほんとうにいいんです。すみませんでした」

「……女のことか？」

切り出すと、奈央の足が止まった。ハッとしたように隆一郎を見る。

「やはり、そうなんだな。そうだろ？　うなずくだけでいい」

奈央がためらいながらも静かに顎を引いた。

「やはりな。あなたも気づいていたんだね？」

奈央がまたうなずいた。

「浮気の確証はあるのか？」

念を押した。

奈央がうなずいて、唇をぎゅっと噛《か》みしめ、それから、隆一郎の腕をつかむ指に力を込めた。

「そうか……申し訳ないな。私がどうにかするよ」

「いえ、お義父さまの手を煩《わずら》わせるわけにはいきません。夫婦の問題ですから、二人でどうにかします。ただ、お義父さまには知っておいて……あっ……！」

穏やかだった海風が急に強くなって、一陣の突風に襲われた。

ワンピースの裾《すそ》が強風によって煽《あお》られ、奈央がまくれあがった裾を押さえつけて、砂浜にしゃがんだ。

（……刺しゅうの入った白だった）

ちらりと見えた純白のパンティに昂《たかぶ》りを覚えながらも、

「大丈夫か？」

隆一郎は家族思いの良い義父を演じる。

うなずいて、奈央はおそるおそる立ちあがった。風で孕《はら》まないように、ワンピースの裾を必死に押さえている。

それでも、時々突風が吹いてきて、そのたびに奈央はスカートの股間を押さえ、内股になる。

それまでべた凪《なぎ》で静かだった海面に細かい波が立ち、白い波頭が生じていた。

「風が出てきたな。そろそろ帰ろうか？」

「はい……」

奈央が風で乱れた黒髪を押さえながら、答える。

二人は急いで海辺を離れて、丘の上に建つ別荘に向かって歩いていく。

この島は坂が多い。つづら折りになった坂道を、隆一郎はヨイショ、ヨイショとあがっていく。

息が切れてきた。隆一郎はまだ五十九歳。老け込むような歳ではない。

やはりゼンソクでの運動不足がこたえているのだ。

（この持病さえなければ、会社を息子に譲ることなどしないのだが……）

隆一郎は従業員数約百名の建設会社の社長だった。

平成の時代になって、当時勤めていた建設会社を辞めて、独立した。当初は辞めた会社の妨害や、景気の低迷もあって、上手くいかなかった。何度も潰れかけ、苦境に立たされた。

そのつらい時期を乗り越えられたのは、隆一郎の努力というより、運が良かったのだ。どんなに努力しても、運がなければ倒産する。

大手の下請けに食い込めたこともあって、今は小さいなりに安定した建設会社になっている。

五十九歳と言えば、社長としてはまだまだこれからだ。隆一郎自身もそう思っていた。だが、無理がたたったのだろう。もともと持病だったゼンソクの発作が頻発するようになって、しばらく会社を休んで治療につとめた。

良くなったと思って復帰すると、また再発する。それを繰り返している間に体力の限界を感じて、社長の座を退くことを決意した。

いったん、右腕的存在の宇田川《うだがわ》に社長の座を譲り、その後、息子の啓介に継がせるつもりだ。

今年三十五歳になったひとり息子の啓介は、若い頃から自分の会社に入れて鍛えたこともあって、今では信頼のおける有能な現場監督になっている。現場を知っていれば、社長をするにしてもいろいろと有利だった。

会社の役員を集め、「自分はそろそろ一線を退く。しばらくは会社を宇田川に託し、その後、啓介に継がせる」という路線を話して、承諾を得た。

途端に、肩の荷が下りたのか、気持ちが楽になり、ゼンソクの発作もあまり起こらなくなった。やはり、ストレスがゼンソクの大きな原因だったのだろう。

そして、医師に転地療法を勧められたこともあって、空気がきれいで穏やかな気候のこの島にしばらく滞在することにした。

息子の啓介は二年前に六歳年下の奈央と結婚し、現在は隆一郎の建てた家に三人で同居していた。

静養に当たって、隆一郎は、この島で身の回りの世話をしてくれる家政婦を雇うつもりだった。啓介にその旨を話したところ、息子はこう言った。

『お金がもったいないよ。奈央を連れていけば？　俺は大丈夫だから』

意外だったが、隆一郎としても、同居している息子の嫁なら気心も知れているし、ゼンソクの状態もわかっているから、連れ添ってもらうには最適の相手だった。

『だけど……お前のほうはどうなんだ？　東京でひとり暮らしをすることになるだろ？』

『平気だよ。ひとり暮らしには慣れている』

『しかし、奈央さんがどう言うかだな』

『たぶん、喜んで行くと思うよ。奈央は海が好きで、いつも海が見えるところに住みたいって言ってるから』

啓介が言ったように、奈央は『啓介さんがいいと言うなら、わたしは喜んで、お義父さまのお世話をさせていただきます』とそれを了承した。

今、思うと、そのときすでに夫婦仲に罅《ひび》が入っていたのだろう。

啓介はひとり暮らしのほうが自由に不倫相手と逢えるから、奈央に別荘滞在を勧めたのだろう。奈央も当然、夫の思惑には気づいているはずだ。

夫の不倫を知っていて、この島に来たのだから、何か思うところがあるのかもしれない。

S島に来て一週間が経つが、今の生活は隆一郎が晩年はこう暮らしたいと願っていたものに限りなく近かった。

相棒が妻ではなく、息子の嫁であることを除いては。

2

その夜、二人での夕食を終えた隆一郎はテレビを見ながら、リビングで寛《くつろ》いでいた。カウンターの向こうのオープンキッチンでは、胸当てエプロンをつけた奈央が、食器を洗っている。

奈央はゼンソクに良いとされるタマネギ、レンコン、ダイコン、生姜《しょうが》などをふんだんに使った料理を作ってくれるので助かる。しかも、家庭的な母親に教わったらしく、料理は上手い。バリエーションも豊かなので、飽きるということがない。

それに、きれい好きだから掃除も欠かさないなど、他の家事もきちんとする。ちょっとした空気の汚染が覿面《てきめん》にこたえる隆一郎には、これ以上の女はいない。

(奈央さんが息子の嫁ではなく、自分の嫁だったらな……)

何度そう思ったことか。

今も、長い髪を後ろで結って、エプロン姿で丁寧に食器を洗い、水切りカゴに立てる奈央の姿にどうしても目が吸い寄せられてしまう。

うつむいているせいか、左右の鬢《びん》がやんわりと耳の上から垂れ落ちて、清廉《せいれん》な色気がにじんでいる。ゴシゴシと鍋を洗うときなどは、ノースリーブから伸びた長い二の腕の柔らかそうな肉が揺れ、胸のふくらみも揺れて、たまらない気持ちになる。

現在二十九歳だが、結婚するまでは大手の建設会社で事務職をしていた。その会社を訪ねた啓介に見そめられて、二十七歳で啓介と華燭《かしょく》の典《てん》を挙げた。

今でも、奈央の優美なウエディングドレス姿を思いだす。

奈央の姿に見とれていたとき、ケータイに電話がかかってきた。

(うん、誰だろう、こんな時間に？)

画面を見ると、宇田川と出ている。会社の次期社長に決めている男だった。

出ると、今、会社が契約のことで揉めていると言う。

建て主が、家の完成が遅れたので、訴えると息巻いているらしい。

「うちの顧問弁護士に相談しろ。何のためにやつを雇っているんだ。そんなことで、一々電話をしてくるな。今、会社はお前に任せてあるんだから。切るぞ」

啓介はケータイを切った。

自分が静養していることがわかっているのに、こんなことで電話をかけて相談してくる宇田川に苛立《いらだ》った。

むしゃくしゃして、外のいい空気を吸おうと、窓を開け放った。

眼下には薄闇に包まれたS湾がひろがっていて、漁船の灯がちらほら見える。

（まったく……！）

怒りを紛らわそうと、深呼吸をした。

冷たい空気が急激に気管支に流れ込み、それがいけなかったのだろう、気管支がむずむずしてきた。

（ああ、ダメだ。来る……！）

息を止めてこらえようとした次の瞬間、発作に見舞われた。

激しい咳《せき》が次々と襲ってきて、息をするのもつらい。リビングの床に座り込んだとき、後ろから奈央の足音が近づいてきた。

咳き込む隆一郎の背中をさすりながら、

「お義父さま、大丈夫ですか？　これを……」

と、小さなボトルを差し出してきた。

ゼンソクの発作を抑えるためのステロイド剤の粉薬が入った吸入器である。

「あ、ありがとう……ゴフフッ」

隆一郎は懸命に深呼吸をして、息を吐ききっておいて、吸入器を口に当てて、一気に粉を吸い込んだ。

噎《む》せそうになるのをこらえて、息を止める。

それから、鼻から息をゆっくりと吐く。

と、効果覿面でどうにか発作はおさまった。

奈央に連れられて、キッチンまで行き、そこでウガイをして、口に残っていた粉薬を吐き出した。

「……収まりましたか？」

奈央が心配そうに訊《き》いてくる。

「ああ、寝室で横になりたい」

そう言って、隆一郎はひとりで階段をあがっていく。そのすぐ後を、奈央がついてきた。

二階の角部屋にある寝室のベッドに腰をおろした。

「どうなさいますか？　このまま、寝られます？」

奈央が訊いてくる。

「ああ……とにかく、楽な格好になりたい」

「ちょっと待っててください」

奈央がパジャマと替えの下着を出してくれる。

「悪いな、奈央さんがいなかったら、危なかった。ありがとう」

「いいんですよ。そのためにわたしがいるんですから……着替えましょう。お義父さま、両手をあげてください」

奈央が言う。

「いや、いいよ。着替えくらい自分でできる」

「こういうときくらい、甘えてください。お義父さまの役に立ちたいんです」

「いや、奈央さんはもう充分に役に立ってくれているよ」

「もっと、役に立ちたいんです」

奈央がじっと見つめてくる。

すでにエプロンは脱いでいた。白いノースリーブのサマーセーターを着ていて、その胸の甘美なふくらみが悩ましい。

「……わかったよ」

隆一郎が両手をあげると、ポロシャツがあがって、首から抜き取られていく。

さらに、ランニングシャツも同じように脱がされた。

奈央がパジャマの上着を差し出してきたので、隆一郎は袖《そで》に腕を通して、前のボタンを嵌《は》めた。

「ありがとう。後は自分でやるから」

そう言ったものの、

「下も着替えましょう。大丈夫ですよ」

奈央は微笑み、ズボンのベルトをゆるめ、両手でズボンの左右を持った。

「お尻を浮かせてください」

「あ、ああ……」

隆一郎が腰を浮かせたとき、ズボンが降りていき、それをしゃがんだ奈央が足先から抜き取っていく。

グレーのブリーフが股間を覆っていて、そこを手で隠す。

「手を外してください」

「えっ……いやだよ」

「なぜですか？」

「そりゃあ、恥ずかしいからね」

「平気です。脱がせますよ」

奈央がブリーフの両端をつかんで引っ張ったので、ブリーフが太腿から膝下へとすべっていった。一瞬剥《む》き出しになった股間を、隆一郎は手で隠す。

それが逞《たくま》しく勃起していればまた違う感情になるのだろうが、分身は萎縮しているので、それを見られるのは本意ではない。

奈央はなるべく股間を見ないように顔をそむけながら、新しいブリーフを足先から穿かせてくれる。

そのとき、サマーセーターの胸が足に触れ、途端にイチモツが力を漲らせてきた。

(あっ……！)

勃起を抑えようとしたが、胸元からのぞく乳房のふくらみと谷間が目に入って、どうしようもなくなった。

両手で隠しているが、イチモツがどんどん大きく、硬くなっていくのがわかる。

ブリーフを太腿まであげた奈央がそれに気づいたのか、ハッとしたように顔をこわばらせた。

「ああ、申し訳ない……」

とっさに謝ると、奈央は顔をあげて、微笑んだ。

(この笑いは何を意味するものだろうか？)

奈央の顔が心持ち紅潮し、息づかいがせわしなくなったような気がするのだが、気のせいだろうか？

奈央はじっと隆一郎の前にしゃがんでいる。

(このまま、奈央さんの顔に股間に押しつけたら……)

強い欲望が、そうしろとせかしてくる。

(この人は息子と上手くいっていない。それに、俺のことは嫌いではないはずだ)

だが、できない。

相手は息子の嫁なのだから。

奈央が気を取り直したのか、パジャマのズボンを穿かせてくれる。

立ちあがった奈央が、脱いだ服と下着を持って、部屋を出ようとする。隆一郎は声をかけていた。

「奈央さん……」

「はい」

奈央が隆一郎のほうを向き直った。

「そんなのは後でいいから、しばらくここにいてくれないか？　またゼンソクの発作が出そうな気がするんだ。ダメか？」

「ダメじゃありません。もちろん、大丈夫です」

奈央が畳んだ衣服を、テーブルの上に置いた。

「できれば、背中をさすってほしいんだが……」

「よろしいですよ」

「そうか……ありがとう」

隆一郎は礼を言って、ベッドの上で慎重にうつ伏せになる。

奈央がベッドに身を乗り出すようにして、背中をさすってくれる。

最初はパジャマの上から撫でてくれていたが、手のひらが摩擦で温かくなると、じかに背中をさすりはじめた。

肩から肩甲骨《けんこうこつ》、さらに、背中から腰へとすべすべの手がすべっていく。

「ああ、気持ちいいよ。奈央さんの手はいつも気持ちいい。とても温かいし、何か特別なオーラでも出ているんじゃないか？」

冗談めかして言うと、

「ふふっ、それだったら、いいんですけど……」

奈央の手が肩甲骨の中心にあるツボをそっと押してくる。

「いかがですか？」

「ああ、いい感じだ。気管支がひろがっていくのがわかるよ」

奈央はついでにとばかりに、凝っている背中も適度に揉みほぐし、また、ゼンソクのツボを押してくる。

気持ち良すぎて、涎《よだれ》が垂れ、枕を濡らした。

同時に、股間のものがまた頭を擡げてきた。そして、それをどうしても奈央の手で握ってほしくなった。

隆一郎はゆっくりと仰向《あおむ》けになる。パジャマのズボンの股間が高々とテントを張っているのが見える。

奈央も気づいたのだろう、ハッとして目をそらせた。

「悪いが、胸のほうもさすってくれないか？」

「……あ、はい」

奈央は義父の股間がいきりたっているのを気づきながら、それには触れずに、パジャマのなかに手を入れて、じかに胸板をさすってくれる。

隆一郎には、恥ずかしそうに目を伏せながらも、義父の胸板をさすっている奈央の姿がよく見える。

かるくウエーブした長い黒髪を顔の両側に垂らし、時々、邪魔そうにかきあげる。

さらさらの黒髪が横に流れ、そのととのった優美な顔や耳たぶが見える。ふっくらした耳たぶは全体が赤く染まって上気している。

白いニットのサマーセーターをこんもりと持ちあげた胸のふくらみ、わずかにのぞく白い胸の谷間、そして、静かだがどこか破綻をきたした息づかい――。

これ以上、我慢しろと言うほうが無理だった。

隆一郎は胸に潜《もぐ》っていた奈央の手をつかんで、ぐいと引き寄せた。

「あっ……！」

奈央が隆一郎に覆いかぶさりながら、顔をそむけた。だが、心底からいやがっているようには見えない。

「あんたを抱きたい」

直球を投げ込んだ。

隆一郎は男女の関係においては、これまでもストレートに気持ちを表現することしかしてこなかった。

「奈央さん……」

さらに抱き寄せようとすると、

「いけません」

奈央は今にも泣きださんばかりの顔で、首を左右に振る。

「なぜだ？　私が義父だからか？」

「……はい」

「では、もしも私が義父でなかったらどうだ？」

「それは……」

奈央がふっくらとした唇をぎゅっと嚙んで、押し黙った。

「私が嫌いか？」

「いえ……逆です」

「好意を持ってくれているんだな？」

奈央がしっかりとうなずいた。

「私が啓介に似ているから？」

「それも、もちろんあります……」

「そうじゃないぞ。啓介のほうが私に似ているんだ」

言うと、奈央がハッとしたように目を見開いた。

「それに、啓介は不倫をしているんだ。啓介を憎めとは言わん。あいつは私のかわいい息子だ。しかし、一時くらい、啓介を忘れてもいいんじゃないか？　あいつだって、そうしているんだから……」

奈央はしばらく黙って何かを考えているようだったが、やがて、意を決したかのようにぼそっと言った。

「……添い寝だけなら……」

「えっ、添い寝？」

「はい……お義父さまに抱かれることはできませんが、でも、添い寝だけなら……ダメですか？」

「いや、ダメなはずがない。添い寝してくれるのか？」

「はい……」

「うれしいよ、すごく」

隆一郎の本心だった。

「わかりました」

奈央が背中を向けて、服を脱ぎはじめた。

白いサマーニットに手をかけて、頭から抜き取る。長い黒髪がいったんあがって、肩や背中へ枝垂《しだ》れ落ちる。白いブラジャーのストラップが美しい背中を横に走り、肩紐が肩に二本かかっている。

男をそそる背中をしていた。

肩幅は普通にあるが、ウエストがきゅっとくびれている。

統計によれば、男が発情するのは、女のくびれだという。肩や尻に対して、ウエストの割合がどれだけあるのかで、セクシーさは決まるのだという。

奈央は細すぎず、太すぎずでちょうどいい腰のくびれを持っていた。しかも、痩せすぎていないので、きめ細かい肌のむっちりした肉感も感じられる。

（そうか……二十九歳というのは、女の身体がちょうどいい具合に熟れる時期なのだな……）

奈央はスカートに手をかけ、前にしゃがんでスカートを足先から抜き取った。

光沢のある白いパンティが、充実したヒップを二等辺三角形に包んでいて、パンティが小さいせいか、尻たぶの下側のぷりんとした丸みがこぼれている。

尻全体がきゅっとあがっていて、足がとても長く見える。

奈央は下着には手をかけずに、くるりと振り返った。隆一郎をちらりと見て、それから両手で胸のふくらみを隠しながら、ベッドにあがった。

3

セミダブルのベッドだから、充分に二人のスペースはある。

奈央は左側に身体を横たえながら、隆一郎のほうを向いたので、とっさに左腕を伸ばして、腕枕していた。

すると、奈央が身体を横向け、隆一郎の二の腕と肩の中間地点に顔を乗せ、左手を胸板にかるく添えた。

遠慮をしているのだろう。ぴったりと肌がくっついているわけではないが、それでも、ブラジャーに包まれた乳房のふくらみや腹と太腿の一部が触れていて、ドギマギしてしまう。

「咳のほうは大丈夫ですか？」

奈央が心配そうに言って、胸板を撫でてくれる。

「ああ、大丈夫だ。薬が効いているみたいだな」

「ここに来て、初めてでしたね？」

「ああ……油断をして急に冷たい空気を吸い込んだのが、いけなかった。奈央さんがそばにいてくれて助かった」

「いいんですよ。そのために、いるんですから」

「ありがとう……」

隆一郎は右手を伸ばして、奈央の頭を撫でた。髪が柔らかいせいか、頭部の形まではっきりとわかる。

隆一郎は手を髪からすべらせ、肩から二の腕にかけてなぞりおろしていく。

「すべすべだね。赤ちゃんのような肌だ」

「そんなことないです……。もう二十九ですから。若い頃はもっとつるつるしていたんですよ」

「それは違うよ。すべすべのなかにも、むっちりとした成熟した感じがあって、それがいいんだよ」

横臥《おうが》している奈央の腕から、脇腹のほうに手をすべらせていくと、薄い脇腹の感触があって、

「あっ……！」

びくんと震えて、奈央が「ゴメンなさい」と言った。

「謝る必要なんか、ぜんぜんないよ。脇腹に触られたら、びくんとなるのは当然じゃ

ないか」

そう言いながらも、隆一郎は息子の嫁の反応に、男心をかきたてられていた。

無防備な脇腹から腰にかけて急激にふくらんでいく肌に、静かに指を這わせていく。触れるかどうかの微妙なタッチでなぞると、

「あっ……くっ……ぁああ、ダメです……お義父さま、そこダメっ……」

奈央が首を左右に振った。

「きれいな肌だね。触っているだけで、こっちも幸せな気持ちになる」

シルクタッチのパンティ越しに尻をなぞりながら、太腿を自分のほうに引き寄せた。

と、奈央の膝があがって、隆一郎のパジャマの下半身に乗り、その重みがちょうど股間のあたりに伝わってきた。

奈央が羞恥を含んだ目で、隆一郎を見た。

「このほうがいいんだ。もっと、ぴったりくっついてくれ」

「でも、咳は大丈夫ですか？」

「ああ、ぜんぜん平気だ」

奈央は安心したのか、完全に横臥してこちらを向き、隆一郎の体を抱きしめるようにぴったりと身体を寄せてきた。

（ああ、これだった……ひさしく忘れていた女の柔らかさ……）

たわわな乳房の弾力を感じる。柔らかな腹が呼吸のたびにふくらんでいる。そして、パジャマ越しだが、下腹部の窪みをはっきりと感じる。

「ありがとう。ひさしぶりだよ、こんな気持ちになったのは……癒《いや》されていく感じだよ」

ごく自然にそう呟いていた。

顎の下に当たっている髪からは、コンディショナーのクリーミーな香りとともに髪本来の持つ野性的な匂いがして、それが、隆一郎をたまらない気持ちにさせる。

「わたしもそうです。お義父さま、温かくて大きいわ。護《まも》られている気がします」

「そうか……」

熱い思いが込みあげてきて、隆一郎は髪を撫で、もう一方の手で奈央の二の腕から脇腹、さらに腰からヒップへとなぞりおろしていく。

手がヒップの狭間《はざま》に触れると、

「んっ……！」

奈央はびくっと大きく背中を反らせる。

隆一郎がさらに尻の丸みから太腿にかけて撫でおろすと、細かく震えて、

「んっ……んっ……!」

奈央は洩れそうになる声を肩口に口を当てて、押し殺した。

隆一郎は手を背中にまわして、ブラジャーのホックを外しにかかる。しばらくしていないのでとまどったが、どうにか外すことができて、ブラジャーがゆるんだ。

肩紐を外そうとすると、奈央がいやいやをしてそれを拒んだ。

「あなたの胸をじかに味わいたい。へんな意味じゃないんだ。何と言ったらいいのか……奈央さんの赤ちゃんになりたいんだ」

思い切って言う。

「……わたしの赤ちゃんですか? 大きな赤ちゃんですね」

奈央が冗談めかして言い、隆一郎をアーモンド形の目で見つめてきた。奈央にはまだ子供ができていないから、持て余した母性愛がはけ口を求めているのではないか。

自ら白い刺しゅう付きのブラジャーを外して、奈央が訊いてきた。

「どうしたらいいですか?」

「その……そのまま、赤ちゃんにオッパイを与えるように、上から……」

「こう、ですか?」

奈央が隆一郎の顔の上のほうに手を突いて、乳房を差し出してきた。

ごくっと隆一郎は生唾《なまつば》を呑み込んでいた。

(この歳になっても、生唾を呑むなんてことが実際にあるんだな)

自分でも驚きながらも、隆一郎は静かに昂っている。

目の前の乳房は、亡妻のそれよりは控えめだが、おそらくDカップくらいだろう。ちょうどいい大きさで、上側の直線的な斜面を下側のふくらみが押しあげた理想的な形をしていた。

そして、淡く色づく乳暈《にゅううん》からせりだした乳首は、透きとおるようなピンクにぬめ光っている。

「きれいだ……この形、大きさ、乳首の色……申し分ないよ」

「いやだわ、お義父さま……赤ちゃんはそんなこと言いませんよ」

そう褒めると、奈央は安堵したような笑顔を見せる。笑うと口角がきゅっと吊りあがって、愛らしさがあふれでる。

「ああ、そうだった。私は赤ちゃんだったな……。赤ちゃんはオッパイを吸うんだけど……吸っていいか?」

奈央はちょっと考えてからうなずき、前傾して、おずおずと胸のふくらみを差し出してきた。

隆一郎は生唾を何度も呑みながら、そっと片方の乳房をつかんだ。少し力を入れると、たわわな丸みがひしゃげ、乳首が突きだしてきた。

円《まる》い突起をそっと口に含んだ。そして、乳暈ごと吸い込むようにすると、

「んっ、はうぅ……！」

奈央は息を呑み込み、仄《ほの》白い喉元をさらして、

「うっ……うっ……」

と、何かを必死にこらえているようだったが、隆一郎が頬張ったまま、舌を乳首に打ちつけると、

「ダメ、ダメ、ダメっ……あっ、あっ」

奈央は女の声を洩らして、それを恥じるように手の甲で口を押さえ込んだ。

「こんなに敏感じゃ、実際に子供を生んだとき、大変なことになるぞ」

隆一郎は冗談めかして、場を和《なご》まそうとする。

「だって、お義父さまが……赤ちゃんは舌を震わせたりしません」

「じゃあ、どうするんだ？　こんな感じか？」

隆一郎は手にした乳房の突起を緩急つけて吸いながら、周囲をやわやわと揉む。

「きっとそんな感じです……ぁああ、でも、お義父さまの手、いやらしすぎるわ

……」

奈央が隆一郎の左の手首を握った。

隆一郎は左手で、もう片方の乳房の先をコヨリを作るように、右に左にと捏《こ》ねていた。すると、柔らかかった乳首がそれとわかるほどに硬くしこってきて、円柱の形にせりだしてきた。

(やはり、奈央さんのような清楚な女でも、発情するんだな)

当たり前のことに感動さえ覚えて、隆一郎はこれも硬くなっている乳首を吸い、舐《な》め転がしながら、もう一方の乳首をよじる。

「あっ……くっ……お義父さま、話が違います……くっ、くっ……」

奈央は懸命に性感の高まりを抑えている。だが、隆一郎が反対側の乳首を舌で上下左右になぞり、もう片方の唾液まみれの突起を指で転がすと、ついに我慢できなくなったのか、

「うぐっ、ぐっ……んっ、んっ……ぁあああぁ」

奈央は堰《せき》が切れたように喘ぎを長く伸ばした。

背中がさらにしなり、後ろに突きだされた腰がまるで何かをせがむかのように揺れはじめた。

隆一郎は女が感じているという演技をすることは知っていた。だが、この腰の動きは演技ではない。意識的にこんないやらしく、微妙に腰を振れないだろう。

奈央は貞淑《ていしゆく》な女だから、いくら夫が不倫をしているとは言え、その夫を裏切ろうとしているという罪悪感はあるはずだ。

だが、開発された身体は愛撫されれば感じてしまう。

熟れた女の肉体がどうしようもなく心を裏切っていく――。

隆一郎は右側の乳首を頬張り、しゃぶり、同時に左側の乳首を指で捏ね、先端をさすってやる。

「くっ……くっ……」

と、奈央は湧きあがる快感と必死に戦っている。

戦っていても、その気持ちを超えて、腰が勝手に動いてしまう。男が欲しいという動きをしてしまう。

（たまらん……！）

隆一郎は猛烈な昂りのなかで、奈央をベッドに仰向けに倒し、自分は上になる。

わずらわしくなって、パジャマの上下を脱いだ。

ブリーフも脱いで、素っ裸になった。

白髪まじりの陰毛から、勃起した肉の塔がそそりたっていて、その角度や怒張の度合いをひどく誇らしく感じてしまう。

だが、いつ何時ふにゃんとなってしまいかねない。今のうちに、この逞しいものを奈央に知っておいてほしい。

這う姿勢で、奈央の手をつかんで、股間に導いた。

ハッとしたように引いていく手を、また引き戻す。すると、しなやかな指がおずおずと肉の柱を握った。

根元のほうを握り込んだ長い指が、ゆったりと動きはじめる。

奈央は耳たぶを真っ赤に染めながら顔をややそむけて、肉棹《にくざお》を静かにしごきあげている。最初はためらいがちだった指づかいが徐々に激しくなって、根元から亀頭部まで大きくすべらせて、しごいてくる。

上部を握った状態で、亀頭部の割れ目を指でなぞってくる。

鈴口に沿って撫で、さらには、丸みをゆったりとさすり、今度はちょっと力を入れて、ぎゅっ、ぎゅうと肉茎をしごく。

胸元から首すじにかけてのラインが、ぼぅと桜色に染まってきた。

もともと色が白いから、紅潮するとその色が鮮やかで、艶かしい。

たまらなくなって、隆一郎も手をおろしていき、太腿の内側を撫でた。

「んっ……！」

と、肉感的な太腿がぎゅうと締めつけられる。

よじり合わされた内腿から手を抜いて、太腿の上部の丸みを上へ下へとさするうちに、

「あっ……くっ……あっ……」

奈央は抑えきれない喘ぎをこぼした。

隆一郎が太腿の内側をなぞりあげると、奈央は内股になって腰から下をよじった。

膝の内側を擦りあわせて、腰から下を左右に振る。

いやがっていると言うより、こうすることでいっそう性感を昂らせているようにも見える。

隆一郎が右手をパンティの基底部に添えると、

「あんっ……！」

奈央の動きが止まった。肉棹をしごくその指も止まって、ただ、握っているだけだ。

シルクタッチの基底部はそれとわかるほどに湿っていて、そこをなぞると、柔らかな狭間がぐちゅぐちゅと沈み込みながらクロッチをいっそう濡らして、指腹にまでそ

の湿り気が伝わってきた。

「ぁあぁ、くうぅ、くうぅ……」

と、奈央は懸命に喘ぎ声をこらえている。やはり、夫を裏切っているのだから、女の声をあげることに抵抗感があるのだろう。

隆一郎が中指を立てて、柔らかな狭間を上下に往復させ、そのまま、濡れている箇所の上部をノックするように叩いたとき、

「ぁあぁ、ダメっ……そこ、ぁあぁぁぁぁ……」

奈央はこらえきれず声をあげ、下腹部をぐぐっと持ちあげた。

「ここが感じるんだね？」

隆一郎は囁き、上部の肉芽をかるく叩くようにしてリズミカルに刺激を与える。

「はい……はい……ぁあぁあ、いやぁぁん……」

奈央は湿った恥丘を押しつけてくる。

しばらくするとそれを恥じるように腰を落とし、いやいやをするように首を振る。

ぎゅっと閉じた瞼《まぶた》が妖《あや》しいほどの光沢を放ち、長い睫毛《まつげ》が細かく震えている。

「いいんだよ。感じていいんだ……悪いのは私だ。私があなたをそそのかした。だから、もっと感じてほしい。感じるところを見せてくれ」

隆一郎は美しい裸身の曲線を愛《め》でるように、なぞる。

胸のふくらみから腹部、ウエストから太腿へと撫でていくと、

「ぁあああ、恥ずかしいわ……お義父さま、恥ずかしい」

奈央はそう言いながらも、ひくんひくんと裸身を痙攣《けいれん》させる。

「いいんだ。恥ずかしがることはない。うれしいよ。こういう奈央さんを見られて、うれしいよ」

隆一郎は息子の嫁の素晴らしい肉体を慈《いつく》しむように撫でまわした。

それから、パンティに手をかけておろした。

足先から抜き取ると、奈央が翳《かげ》りを手で隠した。

その手を外して、膝をすくいあげた。

細長い翳りは手入れされて周りは剃《そ》られているが、縦長に生い茂っている部分は濃い。

光沢のある繊毛が流れ込むところに、清潔感のある女の証《あかし》が蘭の花のように息づいていた。

(ああ、これが奈央さんの……!)

清楚な容姿と同じく、美しい佇《たたず》まいを見せる女の花芯に一瞬にして魅了された。

「ああ、そんなに見ないでください」

羞恥で身を揉み、内股になる奈央。その足をひろげておいて、女の園にしゃぶりついた。

わずかにヨーグルトに似た性臭を感じながら、狭間に舌を走らせると、

「んっ……！」

奈央はびくんと下腹部を震わせて、「くっ」と声を嚙み殺した。

つづけざまに狭間を舐めると、ぬるっ、ぬるっと舌がすべって、舌にまったりとした粘液が付着する。

そして、奈央は「あっ、あっ」と声をあげ、それを恥じるように、右手の指を嚙んで、声を抑えている。

(あれほど、声を出すのを我慢しなくていいと言ったのに……)

だが、それがいやかというとまったく反対で、懸命に喘ぎ声をこらえようとする奈央の意地らしい姿に、いっそうそそられてしまう。

鮭紅色の狭間がとろとろになってきて、透明な蜜が尻に向かってしたたりはじめている。それを舌ですくいあげて、クリトリスに塗りつける。

小さかった肉芽が体積を増し、莢《さや》から顔を出している。

莢を指で剝き、ぬっと現れた赤珊瑚《あかさんご》色の本体を舌先でちろちろとあやした。すると
それが感じるのか、
「あっ……あっ……ぁあぁあぁぁ、お義父さま、許して……あっ、あっ」
奈央は陰毛の生えた恥丘をせりあげて、押しつけてくる。尻が浮くほどに擦りつけ
ながら、腰を左右に揺らし、
「あっ……んっ、んんんっ……」
と、人差し指の背を噛んで、顔をのけぞらせている。
奈央がこれほどまでに感じてくれることに、隆一郎は昂り、感謝さえしたくなった。
舌を小刻みに左右に振り、次は上下に舐める。ねっとりとなぞっておいてから、ま
た舌先で叩く。
その間も、指で陰唇をなぞってやっている。
まくれあがった肉びらを擦り、そうしながら、舌先で細かく肉芽を撥《は》ねる。それを
繰り返しているうちに、奈央がさしせまってきた。
膝を曲げて開いた足を、時々ピーンとこわばらせ、親指を内側に折り曲げ、外側に
反らせる。そうしながら、下腹部をひくん、ひくんと震わせては、
「ぁあああ……ああぁ、許して……お義父さま……あっ、ぁあん……くうぅぅ」

と、右手の人差し指を嚙んで、顔を大きくのけぞらせる。

とろっとした蜜が垂れて、シーツを濡らしている。

隆一郎は猛烈に挿入したくなった。奈央と繫《つな》がりたかった。ひとつになりたかった。

だが、いったん勃起してから時間が経過したせいだろう、気持ちは昂っているのに分身は勢いを失っていた。

4

ベッドに仁王立ちした隆一郎の前に、奈央がしゃがんで、イチモツを頰張ってくれている。

「悪いが、舐めてくれないか？」と、隆一郎が窮状を訴えたところ、奈央は迷っていたが、やがて、隆一郎の前に来て、それを握った。

ゆるゆると擦り、先端を舐め、肉の筒が硬くなると、静かに唇をひろげて頰張ってくれた。

血管を浮かばせた赤銅《しゃくどう》色の肉棹の根元を、奈央は握ってしごきながら、ゆったりと顔を振る。

「夢のようだよ。息子には悪いが、じつはあなたにずっとこうしてほしかったんだ。願いが叶ったよ。ありがとう」

言って髪を撫でると、奈央は咥《くわ》えたまま顔をあげて、上目づかいに見あげてくる。

その色っぽさに愕然とした。

切れ長の大きな目が膜がかかったようにぼぅと潤んでいる。まるで意志を失ったようにただただ潤み、そして、目尻が妖しいほどに朱に染まっている。

日常では意志の強い、しっかりした女が、今はもう陶酔しているかのようにとろんとした目をしている。

隆一郎は思い出していた。

かつてつきあった女がこういう目をしていた。

そして、彼女はベッドで情感が増してくると、隆一郎の言いなりになった。男の意向に従うことに自らも悦《よろこ》びを見いだし、こっちがたじたじとなるほどに際限なく昇りつめていった。

同じ目をするから、奈央もそうだとは限らない。だが、そういう可能性もある。

奈央が横咥えしてきた。

顔を横向けて、いきりたつものの側面にねっとりと舌を這わせながら、あのとろんとした目で隆一郎を見あげてくる。

そのまま上から頬張ってきた。

うつむいて、いきりたつものを口だけで追い込もうとする。

両手で隆一郎の腰を引き寄せ、ぐっと奥まで咥え込んだ。

陰毛に唇が接するほど深く頬張り、そこで、えずきかけた。それをこらえて、懸命に喉をひろげて、屹立《きつりつ》を奥まで咥えている。

隆一郎は恥毛にかかる温かい息を感じる。口腔のうごめきを亀頭部にはっきりと感じる。

「おおぅ、奈央さん……天国だ。天国だよ」

奈央はもっと咥えられるとばかりに奥まで屹立を招き入れたが、深く咥えすぎたのか、吐き出してぐふっと噎せた。

「ゴメンなさい」

涙目で見あげてそう言い、また頬張り、今度はゆったりと唇をすべらせる。

敏感なカリがぽっちりとした唇で覆われ、さらに下側を舌が生き物のようにちろちろと這う。

「気持ちいいよ。ありがとう、もう充分だ」

そう言って、隆一郎は腰を引いて肉棹を抜き、奈央を仰向けに寝かせた。

膝をすくいあげて、猛《たけ》りたつものを濡れ溝に押し当てると、奈央は無言のまま隆一郎を見あげてくる。

その切れ長の目が潤んでいて、涙が滲んでいるようにも感じる。

「責任はすべて私が取る。それに、このことは絶対に口外しない。二人だけの秘密だ。いいね？」

言うと、奈央が静かにうなずいた。

隆一郎は慎重に腰を入れていく。

切っ先が濡れた膣口を押し広げていき、その窮屈な感触に歯を食いしばりながら、さらに腰を進めた。イチモツが温かい肉の道を切り開いていき、

「うぐぐっ……！」

奈央が低く呻《うめ》いた。

一気に打ち込むと、切っ先が奥まで届いた感触があって、

「ぁあああ……！」

奈央が顔を大きく撥ねあげて、シーツを鷲《わし》づかみにした。

「うぁああ、奈央さん……くうぅ！」

隆一郎も唸っていた。深いところに届かせたまま、動くこともできなくなって、奥歯を食いしばった。

潤みきった肉路がきゅ、きゅっと侵入者を締めつけながらも、まるでもっと奥まで欲しいとでも言うように、内側へと誘い込もうとしている。

甘やかな快感が一気に、切羽詰まったものへと育っていく。

隆一郎は動きを止めたまま、ただただ呻く。

すると、奈央の腰がゆるやかに動きはじめた。もっと突いてください、と言わんばかりに、下腹部がぐっ、ぐぐっとせりあがってくる。

そのたびに、イチモツが柔らかな肉襞《にくひだ》ととろとろの粘膜に包まれて、隆一郎は射精しそうになるのを必死にこらえた。

射精感をやり過ごして、女体に覆いかぶさっていく。

「素晴らしいよ。あなたは……」

そう褒めて、乱れた黒髪をかきあげてやり、額にキスをする。かるい接吻をおろしていき、唇を舐める。

奈央が顔をそむけたので、さすがに口へのキスはいやなのだろうと思った。

隆一郎は顔をおろしていき、きれいに横に伸びた鎖骨《さこつ》にキスを浴びせ、それから、乳房を片手でつかみ、揉みしだきながら、乳首を舌であやした。

量感のあるふくらみが柔らかく形を変えて、指にまとわりついてくる。その弾力を味わいながら、しこりきっている乳首を舌で転がす。

「あっ……ぁああうぅぅ……くっ、くっ……」

奈央は右手の甲を口に当てて、喘ぎを嚙み殺している。だが、よほど感じているのだろう、膣が締まって、分身を襲ってくる。

「くうぅ……」

と、隆一郎も奥歯を食いしばっていた。

どのみち長くは持ちそうにない。普段は自分の指でしごいてもなかなか射精しない、感覚の鈍《にぶ》ったイチモツが、まるで若いときのように反応している。

隆一郎は腕立て伏せの格好になって、腰を打ち据えた。

義父の猛りたつものが、息子の嫁の体内をうがっている。

こんなことはしてはいけないことなのだという意識は、すでになきに等しい。今あるのは、奈央をイカせたい。自分も射精したいという本能的な欲求だけだ。

「あん、あんっ、あんっ……」

奈央は長い足をM字に開いて、隆一郎のものを深いところに導き入れ、甲高《かんだか》い声で喘ぎはじめた。

もう声を抑えることもできなくなって、両手で隆一郎の腕につかまり、ぎゅっと握りしめている。

ほっそりした首がのけぞり、黒髪が乱れて枕や頬に張りつき、せりあがった顎の向こうに、奈央の今にも泣きだささんばかりに眉根を寄せた、悩ましい顔があった。

ここまで来たら、奈央を絶頂に導きたい。

その一心で、隆一郎は息を詰めて腰を叩きつける。苦しい。息が切れてきた。エネルギーも底をつきかけている。

だが、だが……奈央を絶頂に導くまでは――。

「うおおっ……！」

吼《ほ》えながら強く腰を叩きつけたとき、気管支のあたりに異常を感じた。むずむずした感じが一気に育ってきて、

（ああ、来る！）

動きを止めたが、もう遅かった。

隆一郎は激しく咳込んだ。ゼンソクの発作だ。

苦しくて涙が出てきた。肋骨《ろっこつ》が折れそうだ。

（これは天罰だ。俺はしてはいけないことをした……！）

胸を押さえて身悶えをしていると、

「お義父さま……これを、早く」

奈央が背中をさすりながら、吸入器を差し出してくる。

隆一郎はプラスチックの小さな容器をつかんで、大きく深呼吸する。息を吐ききってから、吸入器を口に当てて、思い切り吸い込んだ。

細かい粉がどうにか気管支まで届き、やがて、発作が少しずつおさまっていく。

「……すみません。わたしのせいです。ゴメンなさい」

奈央は何度も謝りながら、背中を撫でてくれている。

「いや、そうじゃない。そうじゃないよ」

ようやく発作がおさまり、隆一郎はごろんとベッドに仰向けになる。

すると、奈央が心配そうに、胸板を撫でてくれた。

奈央の手のひらはじっとりと汗ばんでいるが、温かくて気持ちがいい。

「すみません。わたし……」

奈央が申し訳なさそうな顔で、隆一郎を見た。

「いや、奈央さんのせいじゃない。違うんだよ。これに懲りないでくれ」

隆一郎は気持ちを込めて、奈央を見た。

情事の痕跡を残した裸身はところどころピンクに染まり、うっすらと汗ばんでいて、ひどく悩ましい。

たわわな乳房は下を向いていて、先端の乳首がいまだにせりだして、愛撫した際の唾液で妖しくぬめ光っている。

義父の体を冷やしてはいけないと思ったのだろう。奈央がパジャマを着せてくれる。

「心配ですから、しばらくここにいますね」

着せ終わると、そう言って添い寝してきた。

隆一郎は奈央の裸身の温かさを感じながら、赤ん坊のようにオッパイをいじりつづけていた。

第二章　禁忌の情交

1

昨夜はあれから、奈央は隆一郎の発作がおさまったのを確認すると、静かに部屋を出ていった。

翌朝、隆一郎が階下に降りると、奈央はもう起きていて、普段どおり朝食を用意していた。

隆一郎はいつものトーストに野菜、タマゴという朝食を摂《と》り、奈央もそれにつきあって一緒に食事をしている。

だが、いつもと違うのは、二人の口数が少ないことだ。

それはそうだろう。二人は昨夜、侵してはいけない一線を越えた。

あのとき、隆一郎だけでなく奈央も性感を昂らせていた。あのまま行けば、今頃二人はもっと親密な雰囲気でいられただろう。しかし、途中で隆一郎はゼンソクの発作を起こし、中途半端な状態でセックスを終えてしまった。

隆一郎はあの発作を、禁じられていることをし、息子の啓介を裏切ったことへの天罰《てんばつ》だったのだと感じていた。それはおそらく、奈央も同じだろう。

いや、啓介の妻でありながら、義父に抱かれてしまったという罪悪感が強い分、あの発作を隆一郎以上に強く、何かの啓示であると受け取ったに違いない。

「お義父《とう》さま。コーヒー、お代わりなさいますか？」

空になったコーヒーカップを見て、奈央が伏目がちに言う。

「いや、いいよ」

隆一郎は断る。二人のやりとりはずっとぎこちなかった。

(もしかして、自分はせっかく良好だった二人の関係を、壊してしまったのではないか？　だとしたら、あんなことはしないほうがよかった)

そんな思いも頭をよぎる。

しかし、気持ちとは裏腹に、トーストを千切って口に運ぶ奈央を目の当たりにすると、昨夜、自分の下で身悶えをしていた悩ましい表情や形のいい乳房、膣肉の分身を引き込むような感触がよみがえってきて、切ない気持ちになる。

「ごちそうさまでした」

隆一郎は席を立ち、リビングの一人用ソファに腰かけて、新聞を読む。

インターネットが発達して、おおよそのことはいち早くパソコンやスマホでわかってしまう時代だが、何十年もの間、何紙かの新聞に目を通して情報を得ていたせいか、この島に移ってきてからも新聞は取っている。

新聞を開いて読みながら、ちらちらと奈央を見る。

オープンキッチンのカウンター越しに、食器洗いをしている奈央の姿が見える。

今日も普段と同じように、きちんと胸当てエプロンをつけて、丁寧に皿を洗っている。

（奈央さんは今、どんな気持ちなのだろうか？　昨夜のことをどう感じているのだろう？　あんなことをした俺を嫌いになっただろうか？　義父の誘いに乗ってセックスにまで及んだ自分をどう感じているのだろう？）

おそらく、悔いていることだろう。

しかし、あれほど感じたのだ。心の片隅には、また義父に抱かれたいという気持ちがあるのではないだろうか？

いや、心と言うより、身体の底に何かが残っているのではないか？

などと都合のいいことを考えていると、食器洗いを終えた奈央がリビングにやってきた。

三人用のソファに腰かけて、隆一郎を見た。

「お義父さま、今日のご予定は？」

「ああ……昨日あんなことになってしまったからね。今日は安静につとめるつもりだ。今日は散歩はよそうと思う」

「そうですね。今日はゆっくりなさったほうがいいかもしれませんね……それで、今日の体調はいかがですか？」

心配そうに訊いてくる奈央を見て、昨夜のことをそれほど怒っているわけではないように感じた。たぶん、それ以上にゼンソク発作を起こした義父を案じているのだろう。

セックスに応じる形で、それに加担した自分を責めているのかもしれない。

「今、薬も飲んだし、大丈夫だと思うよ。悪かったね、昨夜はあんなことになってしまって……」

「……いいんです」

そう答えて、奈央ははにかんだ。

(はにかむということは、つまり……)

しかし、はっきりとはわからない。そんなのはたぶん、自分の思い過ごしだ。

「私はひとりで平気だから。奈央さんが行きたいのなら、いろいろと島を歩いてきたらどうだ？　私はぜんぜんかまわないよ」

「でも、昨日の今日だからこそ、お義父さまが心配ですし……それに、島の名所を巡るのはひとりではいやです。せっかくお義父さまがいらっしゃるんだから、二人で行きたいです」

「そ、そうか……」

隆一郎は気持ちが昂揚するのを感じた。

(ここまで言ってくれるのだから、昨夜のことは、いやではなかったのではないだろうか？)

照れ隠しに、新聞に視線を落としたとき、

「洗濯物を見てきますね」

奈央が立ちあがった。

今日はぴっちりしたジーンズを穿いていた。柔らかなデニム生地がすらりとした足にフィットとして、見事な脚線美を見せている。

全体に長い足だが、膝から上は徐々に豊かさを増して、太腿はむっちりとしている。そして、股上はジーンズが食い込んでいるのではないかと思うほどにぴっちりしている。

奈央の後ろ姿に見とれた。

やはり、ジーンズは後ろ姿だろう。奈央はウエストが締まって、ヒップアップしているから、後ろから見たヒップが素晴らしい。昨夜も思ったのだが、胸と比較しても下半身が発達している。

スポーツをしていたと本人の口から聞いたことはないから、もともとプロポーションに恵まれているのだろう。

そして、あまり多くはない女性体験のなかで隆一郎が理解しているのは、下半身が発達している女はセックスに対して貪欲である、ということだ。

(それが正しいとすれば、奈央さんも強い性欲を抱えているということになるのだが……)

隆一郎はヒップが微妙に揺れながら遠ざかっていくのを見届けて、また新聞に視線を落とした。

2

その日はほとんど何もせずに、のんびりと一日を過ごした。お陰で、ゼンソクの発作も起こる気配がなかった。

奈央も家事をする以外は、静かに読書をしていた。

もともと奈央は読書や音楽鑑賞などが趣味で、外で活発に動きまわり、他人と積極的に交わるというタイプではない。

それでいて、会社勤めをしていたときは、仕事はすごくきちんとしていたと啓介は言っていたから、物静かだがやるときはやるというタイプなのだろう。

普段は生真面目だが、いったん箍《たが》が外れると人が変わったように燃えあがる——そういう女は嫌いではない。

二人で夕食を摂り、今夜は早く寝ようということになり、まずは隆一郎が風呂につかり、続いて奈央が入っている間に、隆一郎は先に二階の寝室にあがった。

だが、いつもより就寝時間が早く、体が疲れていないこともあって、なかなか寝つかれなかった。

ベッドの上で輾転《てんてん》していたが、これはやはり寝酒でも呑まないと眠れないだろうと、一階にあるウイスキーを求めて、部屋を出た。

奈央はもう眠っているだろうからと、足音を立てないように廊下を歩いていくと、

「んっ……んっ……んんんっ……」

女のくぐもった声がかすかに耳に入った。

ハッとして足を止めた。耳を澄ますと、その悩ましい喘ぎ声は奈央の部屋から聞こえてくるのだった。

(何をしているんだ？)

いや、奈央が何をしているかは、その声を聞いた瞬間にわかっていた。だが、まさかという気持ちがあった。

「んんっ……ぁああ、ぁああうぅ……いやいや……」

昨夜間近に聞いたものと同じ奈央の切ない喘ぎが、波のようにうねりながら、次第に逼迫《ひっぱく》してくる。

ごくっと生唾を呑み込んで、隆一郎は忍び足で隣室に入り、そこからベランダに出た。

冷えるとまたゼンソクの発作の恐れがある。しかし、今日は真夏日で夜もいっこう

に気温はさがらず、むしむしとした熱帯夜だった。

ベランダを静かに歩いていき、角部屋にある奈央の部屋の前まで来た。

カーテンは閉まっていたが、幸い、中央が数センチ空いていた。

(こんなことはしてはいけない。俺はひどくみっともないことをしている)

一瞬、自分を責めたものの、欲求がそれに勝った。おずおずと隙間から顔をのぞかせると——。

右斜め前の壁際に置かれたベッドのぼんやりとした枕灯に、女の裸身が仄白く浮かびあがっていた。

奈央は一糸まとわぬ姿でうつ伏せになって、美しい曲線を描く裸身をくねらせている。

よく見ると、右手が身体とベッドとの間に潜り込んでいて、下腹部を触っているようだ。

今朝、その見事さに感服したヒップが右に左に揺れて、ぐぐっとせりあがってきた。

右斜め前で、仄白い尻が切なげに持ちあがり、その奥で奈央の白く細い指が動いているのが見えた。その指が激しく動き、

「あああ……ぁあうぅぅ……」

奈央の声が、サッシのガラスを通して聞こえる。

持ちあがった左右の尻たぶがきゅうと窄《すぼ》まった。奈央は左手を突いて上体を反らし、

「んっ……んっ……」

と、くぐもった声とともに顔をのけぞらせる。

「……あっ……！」

ぱたっと上体をシーツに落とし、緩慢《かんまん》な動作で仰向けになった。

すらりとした足が膝を立てたまま大きくひろげられ、その狭間に右手が伸びていく。

奈央は右手の指で女の裂け目を掃《は》くようにして、スッ、スッとなぞり、同時に左手で乳房を鷲づかみにした。

そして、乱暴に片方の乳房を揉みしだく。

仰向けになって裾野がひろがった乳房を、もぎとれるのではないかと思うほどに荒々しく揉みしだき、

「くっ……くっ……」

と、声を押し殺している。それから、乳首をつまんで、くりっくりっと左右に転がした。

「ああ、ぁあああ……！」

奈央の下腹部がぐぐっ、ぐぐっと持ちあがる。それはまるでここに打ち込んで、と架空の男にせがんでいるようにも見える。

（ああ、打ち込んでやる。奈央さんのそこに、俺のを……！）

パジャマの股間が大きく持ちあがっていて、隆一郎は勃起を握った。生地の上から握っただけで、脳味噌が蕩《とろ》けていくような快美感がせりあがってくる。

「ぁあぁ、ぁあぁあ……」

奈央は艶かしい声を洩らしながら、両手で肌を撫でさすっていた。

腕を交差させて左右の乳房を揉み、乳首をつまみ、しこっているとわかる乳首を引っ張った。

きゅーっと乳首が伸び、その状態でくりっくりっと横にねじる。神々《こうごう》しいほどにぬめ光った乳首がよじれて、

「ぁあぁあ、ぁああうぅ……ちょうだい。ください」

ほとんど泣きださんばかりに言って、奈央は下腹部をせりあげる。

I字形の翳りが持ちあがり、落ちて、またせりあがってくる。

両足を踏ん張って、下腹部を持ちあげる奈央の、女の本能を剝き出しにした乱れようが隆一郎を昂らせた。

　やがて、奈央の右手がふたたび翳りの底に伸びた。

　ブリッジするように腰を浮かせ、そこを指でなぞっている。

　持ちあげていた腰を落として、右手の指で膣口のあたりをかるく叩きはじめた。ネチッ、ネチッと粘着音を立てながら、もう一方の手指で裂け目の上のほうに触れた。

　クリトリスのあたりを指先で捏ねまわし、右手では膣口から狭間にかけてスッ、スッと掃くようにさすっている。

（いつもこんなふうに自分を慰めているんだな。ここに来て、もう何度自分で慰めた？　いつもやっているのか？　それとも、昨夜の情交が中途半端に終わったから、欲求不満が溜まってしまったのか？）

　隆一郎は手をパジャマのズボンのなかに入れ、じかに肉棹を握りしごく。それは、びっくりするほどの硬さでブリーフを持ちあげ、かるく擦るだけで、得も言われぬ快感がうねりあがってくる。

　そのとき、奈央の指が膣口に消えていくのが見えた。

　最初は一本の指だったが、やがて、それが二本指に増え、慎重に抜き差しをしながら、自ら腰を振る。

　左手は乳房の先端をつまみ、かろやかに転がしている。

「ぁああ、ぁああ……イッちゃう！　イッちゃう！」

奈央の指づかいが激しくなり、腰が上下に打ち振られる。

（ああ、イクんだな。気を遣《や》るんだな）

次の瞬間、奈央が放った言葉が、隆一郎を戦慄させた。

「ぁああ、お義父さま……ください。お義父さまのあれが欲しい。昨日のように……昨日のように……あああ、お義父さま！」

隆一郎の体を激震が襲った。

（奈央さんは欲しがっている。俺のを欲しがっている……俺はここにいるぞ！）

隆一郎はバンバンとガラスを叩いていた。

3

奈央がハッとして顔を持ちあげて、こちらを見た。

その目が大きく見開かれて、動きが止まった。それから、開いていた足をぱたっと閉じて、胸のふくらみを隠した。

「入れてくれ。奈央さん、入れてくれ」

隆一郎はサッシのこちら側から訴える。

「頼む」

懇願すると、奈央がベッドを降りて、近づいてきた。

あらわになった胸を隠しながら、かかっていた鍵を開けてサッシを開けたので、隆一郎はそこから部屋に踏み込んだ。

奈央が何か言う前に、悩ましい裸身をベッドに押し倒す。

両手をつかんで開かせ、上から奈央を見た。

奈央は何が起こっているのか正確には理解できないといった顔で、怯えたように隆一郎を見あげてくる。

「お、お義父さま……見ていらしたんですか？」

おずおずと訊いてくる。

「ああ……部屋の前を通ったら、あなたのあの声が聞こえて……」

奈央が顔をそむけて、唇をぎゅっと嚙んだ。その顔が上気し、瞳も潤みきっていて、それが性的な昂揚のためなのか、激しい羞恥心がもたらすものなのか判別がつかなかった。

「すまないとは思った。申し訳ないとも。こんなことはしてはいけないとも……だが、止められなかった」

「……ひどいわ」

「わかっている。許してくれとは言わない。だが、あなたはさっき……お義父さまが欲しいと言っていた。私を呼びながら、昇りつめようとしていた……」

言うと、奈央はおずおずと見あげてきた。

その自らの欲望を恥じるような瞳の動きが、隆一郎を昂らせた。

押さえつけていた手を放して、肢体を抱きしめた。ぎゅうと抱き寄せると、汗ばんでいる裸身がしなって、

「あんっ……！」

と、か細い声が洩れた。

「すべての責任は私が取る。あなたを抱きたい、もう一度……今度はきちんと」

耳元で言って、おずおずと唇を求める。

今夜は、奈央は避けようとしなかった。隆一郎はそのまま唇を合わせて、上唇と下唇に交互にちゅっ、ちゅっと接吻をする。

また唇を重ねて、唇の間をちろちろと舐める。すると、奈央の唇がほどけて、喘ぐような吐息とともに隆一郎を抱き寄せ、強く唇を押しつけてくる。

どちらかともなく舌をからめ、吸い、互いにきつく抱きしめあった。

甘い吐息となめらかな舌の感触――。

二人の肌と肌が重なり合って、奈央のしっとりと汗ばんだ肌が、乳房の柔らかな弾力が、隆一郎を狂おしいほどの高みへと押しあげる。

隆一郎は唇を吸いながら、手を降ろしていき、乳房をつかんだ。

しっとりとした乳肌はつい先ほどまでの自慰《じい》で火照《ほて》り、柔らかく張りつめ、頂上の乳首は早く触ってほしいとでも言うように、硬くせりだしている。

量感あふれるふくらみを揉みしだき、突起をつまむと、

「んっ……！」

唇を合わせたまま、奈央が鋭く呻いた。

感じているのだ。

昨夜は絶頂の寸前で行為をやめざるを得なかった。今夜も自慰で昇りつめる直前で隆一郎が乱入してきた。

エクスタシーを邪魔されて、奈央の身体は触れなば落ちんというところまで、高まっているのだろう。

隆一郎は右手をさらに降ろしていき、柔らかな腹部から翳りの底へと這わせる。太

腿の奥に触れると、そこは蕩けたようにとろとろで、

「ぁあああ、ダメです……」

奈央が唇を離して、左右の太腿をよじりあわせた。

隆一郎は乳房に顔を埋めながら、濡れ溝に指を走らせる。

たわわな胸の弾力を感じつつ、尖《とが》っている乳首を口に含んだ。カチカチになってせりだしている突起を舌で転がしながら、潤みきった割れ目を指でなぞると、中指がぬるっ、ぬるっとすべって、

「ぁあああ……あうぅ……！」

奈央は顔ばかりか、下腹部もせりあげる。

隆一郎がさらに、乳首を舌であやすと、奈央はもうどうしていいのかわからないといった様子で持ちあげた腰を左右に振り、上下に動かす。

その自分の意志には無関係に、腰が男を欲しがってくねるさまがたまらなかった。

隆一郎はいったん指を花芯から外し、乳房をつかんだ。両手で左右の乳房を揉みしだき、片方の乳首にしゃぶりついた。

「あんっ……！」

びくんと痙攣して、奈央が隆一郎の肩をつかんだ。

肩を押して、いやがる素振りを見せていたが、隆一郎が乳首を上下左右に舐めると、力が弱まり、ついには肩から手を外して、その手を口に持っていき、

「んっ……んっ……ぁあああ、ダメっ……ぁああう、くうぅぅ」

人差し指の背を噛んで、顎を突きあげた。

（もっと感じさせたい）

隆一郎は左右の乳首を交互に吸い、舐めころがし、同時にもう一方の乳首を指で捏ねる。先ほど奈央がやっていた愛撫を思い出して、乳首を引っ張っておいて、そこで左右にねじる。

すると、やはりこれが感じるのだろう。

「ぁあああ……うぅぅ」

奈央は一段と激しく喘ぎ、下腹部をせりあげてくる。

乳首をいじられると、おそらくその快感が子宮へと降りていき、下腹部に刺激が欲しくなって自然に腰が振れてしまうのだろう。

女性はそういう傾向があるが、奈央はとくにこれが強いように感じる。

（よく動く腰だ……）

そう言いたくなるが、意識させてしまえば動きを抑えてしまう可能性があるから、

それは口に出さない。

左右の乳房と乳首を執拗に愛撫していると、奈央は右手の指を噛んで、「ぁああ、ぁああ」と哀切に喘ぐ。

ふと見ると、右腕があがって、腋《わき》の下があらわになっている。

思いついて、隆一郎は腋窩《えきか》に顔を移動させる。

きれいに剃毛《ていもう》された腋が露出して、その窪みに汗が光っていた。そっと顔を寄せて、汗の粒を舐めとると、

「あんっ……！」

奈央はびくんと震えて、腋の下を隠そうとする。その肘をつかんで押しあげ、開いた状態で押さえつける。

「やっ……いやです……」

奈央が眉根を寄せて、首を左右に振る。

「いいんだ。恥ずかしがらなくていい」

甘酸っぱい香りをこもらせた腋窩に舌を走らせた。

若干のしょっぱさを感じながら、窪みに沿って舐める。

「いや、いや、いや……恥ずかしいわ」

奈央は懸命に腋を閉じようと腕に力を込める。その腕を力ずくで押さえ込んで、腋に舌を這わせているうちに、奈央の様子が変わった。

「うんっ……あっ……ぁあうぅ」

今にも泣き出さんばかりに眉根を寄せながらも、顎はあがっていき、細かい痙攣が走り、ついには、

「ぁああ、ぁあああ……」

と、陶酔しているような声を長く伸ばす。

さっきはあんなに恥ずかしがっていたのに、今はもう快感に身を任せている。

最初はたとえいやがっていても、それが快感に変わると、身をゆだねてしまう。

それが、奈央の持つ性の特徴なのかもしれない。

腋の下の匂いがすでに自分の唾液のそれに変わって、隆一郎は腋窩を離れて、二の腕を舐めあげていく。

ほっそりと長いが、女の柔らかさが充分にうかがえる二の腕を上へ上へと、肘に向かって舌を走らせる。

奈央はこれも感じるようで、ひくん、ひくんと震えながら、その手指を口に添えている。

隆一郎はその手をつかんで、引き寄せる。

すっと伸びた人差し指は自分で嚙んでいたせいで、わずかに嚙み跡が赤く残り、唾液でぬめ光っていた。

隆一郎は顔を寄せて、その指を舐めた。

「あっ……何を！　いけません」

「奈央さんはいつもこの指を嚙んで、声を押し殺しているね。奈央さんの唾の味がする」

隆一郎は人差し指の唾液を舐めとり、それから、頰張った。

口のなかにおさめ、フェラチオでもするように顔を打ち振る。すると、人差し指が唇の間をすべっていき、

「ダメだって言っているのに……ぁあああ、はうぅぅ」

奈央がこらえきれないという様子で顔をのけぞらせる。

もっとしゃぶってやろうと、奥まで咥えたとき、指先が喉に触れて、

「ぐふっ、ぐふっ……」

隆一郎は噎せて、人差し指を吐き出した。

「お義父さまが頑張ると、また発作が起きます。わたしがします。楽にしていてくだ

さい」

心配そうに言って、奈央が身体を起こした。

4

裸になった隆一郎はベッドに仰向けに寝ている。

そして、生まれたままの姿の奈央が、隆一郎の胸板にちゅっ、ちゅっとキスをしている。

こそばゆいような皮膚のざわめきを感じながら、隆一郎は息子の嫁の裸身に見とれていた。

傘のついたスタンドが放つ明かりが、下を向いた奈央の上気した顔やピンクに染まった乳房を、そして、持ちあがった尻の割れ目を仄白く照らしている。

周りが暗いせいで、奈央の色白の肌がいっそう妖しく見える。

「奈央さん……」

名前を呼ぶと、奈央が隆一郎を上目づかいに見あげた。

「ありがとう。感謝してるよ」

気持ちをそのまま口に出すと、奈央が微笑んだ。

「……わたしのほうこそ、お義父さまにお礼を言いたいです」

「そ、そうか？」

「はい……」

理由は言わずに、奈央はまた胸板を舐めてくる。小豆色《あずき》の乳首を舌をいっぱいに出してちろちろとあやしながら、隆一郎を見あげてくる。

長い黒髪が枝垂れ落ちて、その間から見えるくっきりした顔立ちは天使のようでもあり、娼婦のようでもある。

（まさか、息子の嫁とこんなに至福に満ちた時間を持てるとは……！）

奈央は丁寧に隆一郎を愛撫してくれる。

乳首をあやしていた舌が真下に降りていき、臍《へそ》のあたりを舐めてくる。そうしながら、両手で胸や脇腹をやさしく撫でてくれている。

皮膚がざわめいて、何とも穏やかな快感がひろがっている。

「ああ、幸せだよ。きっと、これ以上の幸福はこの先、ないよ。そう思えるくらいに気持ちいい」

心情を素直に打ち明けると、奈央は上目づかいに見あげ、まなじりをさげて微笑んだ。そうしながら、赤い舌を臍からその下に向かって降ろしていく。

奈央はいったん顔をあげて、乱れた髪をかきあげると、太腿を舐めてきた。

隆一郎の開いた足の真下にしゃがんで、太腿の内側をツーッと舌でなぞりあげ、肉茎の前でUターンして、今度は違うほうの太腿を舐めおろしていく。

ぞくぞくっとした搔痒感《そうよう》に、いったんおさまっていた勃起がはじまった。

すると、奈央は肉の柱を握り、ゆったりとしごきながらも、太腿の内側を舌でなぞりあげてくる。

開いた足の間に顔を潜り込ませるようにして、ツーッ、ツーッと舐めあげる。

それから、今度は足先のほうに顔を降ろしていき、足の甲に舌を走らせた。そのまま舐めていき、足の親指を頬張った。

「お、おい……いいよ。そんなこと……」

足指をしゃぶられるなど初めてだった。思わず訴えると、奈央はちゅるっと吐き出して、

「さっきのお返しです」

そう微笑んで、また親指を頬張ってくる。

赤く湿った、ふっくらとした唇をからませて、ゆったりと顔を打ち振る。

自分の足指を、美しい女が口におさめてくれている。

奈央への熱い思いが募ってきた。

(お前のためなら、何でもしてやるぞ!)

奈央は左右の親指を丹念にしゃぶると、また足に舌を這わせ、次に股ぐらに顔を埋めた。

隆一郎の足をオムツでも替えるように開いて持ちあげ、さらけだされた睾丸《こうがん》を舐めてくる。

「な、奈央さん! そんなことしなくても……」

「いいんですよ。お義父さまへの気持ちですから」

そう言って、奈央は顔を上げ下げして、皺《しわ》袋に舌を這わせる。

「ぁああ、おおっ……」

睾丸が悦んで、動いているのがわかる。

奈央は皺のひとつひとつを伸ばすかのように丹念に袋を舐め、それから、頬張ってきた。片方の睾丸を口に含み、なかで柔らかく揉みながら、舌で袋の下のほうをなぞってくる。

(ああ、こんなことまで!)

奈央の淑やかな日常を知っているだけに、隆一郎の高揚感は半端ではなかった。隆一郎の白髪まじりの睾丸は、グロテスクでありこそすれ、決してきれいなものではない。なのに、その醜悪さを厭《いと》うこともせずに、奈央は情熱的に頬張ってくれている。

左右の睾丸を愛撫すると、膝から手を離して、本体を舐めあげてきた。

右手で屹立を腹部に押しつけるようにして、裏筋にツーッ、ツーッと舌を走らせる。その間も睾丸袋を左手であやしてくれている。

ぞわぞわとした快感が背筋を駆けあがってきた。

肉体的な悦び以上に、息子の嫁がこれほどまでにテクニカルに男のイチモツをかわいがる術《すべ》を心得ているという、その事実が隆一郎を昂らせた。

裏筋を舐めあげてきた舌が、亀頭冠の真裏で止まった。

そして、裏筋の発着点を集中的にちろちろと舌でかわいがってくる。

そこは、隆一郎がもっとも感じる所だった。

その急所を奈央は丹念に舌先で擦り、撥ねあげる。

そうしながら、根元をぎゅっと握って、力強くしごいてくる。

じわっとした快美感がどんどんさしせまってきた。

「おおぅ、ダメだ。奈央さん、出てしまうよ」

訴えると、奈央はそこから舌を離し、隆一郎を見てにこっとした。

自分が義父に快感をもたらしたことを悦んでいるような、男に奉仕をすることに自らも至福を見いだしているような、艶かしい笑みだった。

(ああ、奈央さんもこんな小悪魔的な顔をするのだな)

そう思っていると、奈央が言った。

「咥えても、大丈夫ですか？　お体のほうは？」

「……ああ、もちろん。自分で動かなければ大丈夫みたいだな。自分で動いたって、よほどのことがない限り平気だけどね」

「でも、心配ですから……わたしにすべて任せてください。お義父さまは絶対に無理をなさらないように」

言い聞かせて、奈央が顔を伏せた。

亀頭部にちゅっ、ちゅっとキスを浴びせると、その割れ目に舌を這わせながら、肉棹を握った指をゆるやかに動かす。

尿道口が指で開かれて、舌が潜り込んでくる。割れ目に沿って舐められると、内臓をじかに舐められているような不思議な快感が育ってきた。

それから、奈央は唇をひろげて、怒張の途中まで唇をすべらせた。

そこでいったん動きを止めて、舌で肉棹の下側をあやしてくる。

「おおぅ……気持ちいいよ」

声を出すと、奈央は一気に根元まで頬張った。

陰毛に唇を接するまで深く咥え、そこで動きを止め、舌で裏側を擦った。それから、もっと咥えられるとばかりにさらに顔を押しつける。

ぐふっ、ぐふっと噎せたが、決して吐き出そうとはせずに、喉をひろげて切っ先を奥まで迎え入れた。

噎せそうになるのを必死にこらえ、それから、ゆっくりと顔をあげていき、先端からまた降ろしてくる。

適度な締めつけ感がある、ぷにっとした唇が気持ちいい。

奈央が顔を上下動させるたびに、柔らかな毛先が鼠蹊《そけい》部をくすぐってきて、それがまたぞくっとした快感を生む。

幾度となく唇を往復させ、隆一郎の快感が高まると、それを見計らったように、ちゅるりっと吐き出して、肩で息をしながら肉棹を指で握りしごく。

這った姿勢で、自分の愛撫がもたらす効果を推《お》し量《はか》るような目で隆一郎を見る。

「気持ちいいよ、すごく……天国だよ」

隆一郎が言うと、うれしそうに口角を吊りあげ、また頬張ってきた。

「うん、うんっ、んんっ……」

と、今度は素早く唇をすべらせ、根元を指でしごいてくる。

枝垂れ落ちたウエーブヘアの毛先がそのたびに鼠蹊部をくすぐり、隆一郎は追い込まれる。

目を閉じたいのを我慢し、その光景を目に焼きつける。

Oの字に開いた赤い唇から、おぞましいばかりの肉棹が見え隠れする。しなった背中が急激に盛りあがり、ハート形の割れたヒップが美しい双丘を作っている。

「気持ち良すぎて出てしまうよ……あなたと繋がりたい」

ぎりぎりまで追い込まれて訴えると、奈央が肉棹を吐き出して、上体を起こした。

昨夜見たあのぼぅとして焦点を失った目と同じ目をしていた。

5

奈央は恥ずかしそうに隆一郎の下半身をまたぎ、いきりたっている肉柱をつかんで、太腿の奥へと導いた。

蹲踞《そんきょ》の姿勢でしゃがんでいる。

隆一郎の肉棹を前後に振って、濡れた溝に擦りつけて、

「ああ……あっ、んっ……」

均整が取れていながら、女の優美さをたたえた裸身を細かく震わせた。

それから、切っ先を押し当てて、ゆっくりと慎重に沈み込んでくる。

隆一郎のイチモツを途中まで受け入れて、

「くっ……！」

白い歯をのぞかせた。

かるく腰を振って、膣を勃起に馴染ませると、意を決したかのように腰を落とした。

隆一郎のいきりたちが、熱く滾《たぎ》った肉路に吸い込まれていくと、

「ああ……！」

奈央は顔を撥ねあげながら、手指で隆一郎の体をつかんだ。

しばらくじっとして、がくっ、がくっと小さく震える。快楽のさざ波が、開かれた内腿を走り抜けている。

隆一郎も「くっ」と奥歯を食いしばった。

昨夜もそうだった。いや、昨夜以上に、奈央の膣はまったりと肉棹を包み込みながらも、くいっ、くいっと内側に引きずり込むような動きをする。

隆一郎が若い頃だったら、きっとこれだけで射精を余儀なくされていただろう。それほどまでに、奈央の女の器官は素晴らしかった。

頭が良く、肉体も素晴らしい。こんなにいい女を差し置いて、若さだけが取り柄のOLを抱いている息子がまったく理解できない。

しばらく止まっていた奈央の腰が、おずおずという様子で動きはじめた。

両膝をぺたりとベッドについて、全身をつかって腰を擦りあげる。前後に動いて、

「……うぁああ……ぁああぁ、いいのよぉ」

心底から感じている声をあげる。

「くっ……くっ……あっ……」

上体をほぼまっすぐに立てて、腰から下を揺らしていたが、やがて、前に身体を傾けて、隆一郎の胸に手を置く。

前傾しながら、今度は上下動を交えて、腰を前後に擦りつける。

粘膜が擦れ、おびただしい蜜があふれて、ぐちゅ、ぐちゅといやらしい音がする。

それから奈央は前に体重を預けて、腰をぎりぎりまで持ちあげ、そこから落とし込

んでくる。

　腰を沈めながら、しゃくりあげるような動きをして、

「ああ、これ……！　ああ、見ないでください。恥ずかしいわ……これ、恥ずかしいわ。あうぅぅぅ」

　顔を真っ赤に染めながら、腰の動きは活発化してくる。

　嵌まり込んでいる硬直を、柔らかくも緊縮力の強い膣にモミクチャにされて、隆一郎も唸った。

　すると、奈央が前に倒れて、隆一郎にキスをせがんできた。

　近づいてきた唇に自らの唇を合わせて、隆一郎は貪り吸う。すると、奈央はキスをすることで性感が高まるのか、舌を差し込んでくる。

　舌と舌をねちっこくからめながら、隆一郎は手をまわして、背中と尻を撫でる。

　自分で動いたせいか、きめ細かいもち肌がじっとりと汗ばみ、その濡れた肌の感触がいっそう隆一郎をかきたてる。

　下から腰を撥ねあげたい。

　しかし、動いたときの発作が怖い。かろうじてこらえて、その代わりとばかりに情熱的にキスをし、舌をからませる。

と、奈央もいっそう高まってきたのだろう。

唇を合わせながら、腰をもどかしそうに揺らめかせる。上下に、前後にと振る。うごめくような波に似たうねりが、勃起を包み込んでくる。

(そうだ。こういうときは……)

隆一郎はキスをやめて、奈央の胸のなかへと潜り込んだ。

たわわでありながら、先の尖った煽情《せんじょう》的な乳房をつかんで、その感触を味わう。

奈央の乳房は凜《りん》と張りつめているが、揉み込むと柔らかく形を変え、沈み込みながらも奥のほうが跳ね返してくる。

透きとおるようなピンクの乳首が痛ましいほどに硬くなって、円柱形にせりだしている。

(こんなにカチカチにして……)

隆一郎はそっと突起を舌であやした。

静かに舐めあげ、一転して強く左右に撥ねる。

「ぁあああ……乳首が弱いんです。すごく感じてしまう。恥ずかしいわ。嫌いにならないでくださいね」

奈央が心配そうに言う。言葉のアヤではなく、ほんとうに危惧しているようだった。

「嫌いになるなんてあり得ない。その逆だ。うれしいんだよ、奈央さんがこんなに感じてくれて……じつは、もう女とは縁がないんじゃないかって諦めていたんだ」

隆一郎は乳首に唇を接したまま言う。

「お義母《かあ》さまがお亡くなりになってから、ですか？」

「ああ……四年の間、していない」

奈央がびっくりしているのがわかる。

「驚いたか？」

「はい……でも、光栄です。わたしを選んでくださって」

「光栄か……私のような男でも光栄に思うのか？」

「はい、もちろん……」

隆一郎は心を突きあげている思いをぶつけるように、目の前の乳首に貪りついた。尖っている乳首を舐め転がすと、奈央の腰が我慢できないとでも言うように、くねりはじめた。

「ぁああ、お義父さま、いいの。すごく、いいの……ほんとうにいいの。ぁああ、ぁあぁあぁ」

奈央は両手を突いて上体を持ちあげ、腰を上下に打ち振る。

まるで、女に犯されているようだ。

もっと感じてほしくなって、乳首を吸いながら、両手で奈央の尻たぶをつかんだ。

ぎゅうと尻たぶをつかむと、尻たぶの肉がたわんで、

「んっ……！」

奈央が顔を撥ねあげた。

「痛くないか？」

「痛いですよ、それは……でも、大丈夫です。お好きなようになさってください」

「いいのか？」

「はい……」

隆一郎は左右の尻たぶを強弱つけてつかみ、さらに、撫でまわす。

汗を滲ませている尻をぶるぶる震わせながら、

「ぁああ、気持ちいい……お義父さま、気持ちいいわ」

奈央が腰を振る。

(そうか……やはり、奈央さんはマゾっけがあるんだな)

隆一郎は熱くなった尻たぶをぎゅうと鷲づかみしたり、反対にやさしく撫でたりする。

「ぁあああ……お義父さまの愛情を感じる。ぁああ、あうぅぅ」

奈央は乳首を吸われながら、尻を愛撫されて、気持ち良さそうに喘ぎながら、腰を後ろに突きだし、前にせりだす。

そのたびに、隆一郎のイチモツは窮屈な肉の筒に揉みしだかれ、分身が蕩けてしまいそうな快感がひろがってくる。

動きたくなった。

昨夜の発作はラストスパートで無理をしたから起こった。加減すれば大丈夫だろう。

隆一郎は下からかるく腰を突きあげてやる。

と、屹立が斜め上方に向かって、膣を擦りあげていき、

「ぁあ……それ……あんっ、あんっ、あんっ……」

奈央は顔をのけぞらせる。

ゼンソクの発作の兆候はない。やはり、無理をしなければ問題ないのだ。

隆一郎は加減して、ゆったりと腰を撥ねあげる。

「あん、あんっ、あんっ……ぁああ、お義父さま、気持ちいい。すごいの、すごい……わたし、へんよ。だって、いけないことをしているのに……」

「きっと、いけないことをしているから感じるんだよ。そうら、これでどうだ！」

隆一郎は無我夢中で腰をせりあげた。

ずりゅっ、ずりゅっと肉棹がぬかるみをうがち、奈央は声を洩らしながら、そうせずにはいられないといった様子でしがみついてくる。

やはり、奈央は自分で動くより、男に攻められたほうが性感が高まるのだろう。それは奈央だけではなく、基本的に女はそうだ。

身体がそういうふうにできているのだ。

隆一郎はリミッターを振り切って、力の限り腰を撥ねあげた。だが、次の瞬間、

「ダメっ！」

奈央が動きを封じようとする。

「これ以上はダメです。発作が起きます」

奈央が上体を持ちあげて、戒《いまし》めるように首を振る。

「大丈夫だよ」

「大丈夫じゃ、ありません」

「じゃあ、どうすればいい？」

「わたしが動きます。お義父さまはじっとしていてください」

そう言って、奈央が両手を後ろに突いて、上体をのけぞらせた。

すらりとした足がM字に開いて、縦長の陰毛のすぐ下に、隆一郎のいきりたつ分身がおさまっているのがまともに見えた。

「見えますか？」

「ああ、よく見える。私のあれが奈央さんのオマンコに突き刺さっている」

「……オ、オマンコだなんて……」

奈央が羞恥で顔を赤く染めた。

「じゃあ、どう呼べばいい？　オメコか？」

「呼ばなくて、いいです」

顔を羞恥で赤く染めて、奈央が腰を振りだした。

両手を後ろに突いて、のけぞるように腰を前後に揺すり、

「くっ、くっ……」

と、声を押し殺す。

(美しい……そして、淫らだ)

隆一郎はうねりあがってくる快感のなかで、その姿を目に焼きつけようとする。

仰向いた顔には乱れたウエーブヘアがかかり、長い髪のほとんどは後ろに垂れ落ちている。そして、形のいい乳房も動きにつれて波打っている。

大きく開いた足の付け根には漆黒の翳りが長方形に伸び、その下では、白濁した蜜にまみれた肉柱が、奈央のとば口を開かせていた。

「ぁああ、あああ……」

切なげな声をあげながら、奈央は後ろに引いた腰を前に放り投げる。そうしながら、しゃくるように腰をせりあげる。

男のシンボルを体内でとことん味わうような、もっと快感が欲しいとでも言うような貪欲な腰振りが、隆一郎の性感を煽りたててくる。

「おおぅ、奈央さん……気持ちいいよ。出そうだ」

「ぁああ、ください。ください……ぁああうぅ」

奈央が激しく腰をつかった。

隆一郎をイカせて、自分も気を遣りたいのだろう。これまで以上に大きく、強く腰を振っている。

「おおぅ、奈央さん、奈央……！」

内部の扁桃腺《へんとうせん》のようなふくらみに亀頭部を擦られて、隆一郎も追い込まれていた。

奈央に身を任せることしかできないのがつらい。だが、自分が動かずとも、その瞬間は刻々とせまりつつあった。

「ぁああ、お義父さま、奈央、イキます。イッていいですか？」

奈央が眉根を寄せて、訴えてくる。

「待て、もう少し……もう少しで……」

「ぁああ、好きです。お義父さまが好き……奈央を愛して……愛して……ぁあああ、イク、イク、イク、イッちゃう！」

奈央が何かにとり憑《つ》かれたように、激しく鋭く腰を打ち振った。

ぐちゅぐちゅと淫らな音がして、隆一郎も一気に射精感が高まった。

「おおぅ、奈央さん、イクよ。出すよ」

「ぁあああ、お義父さま、ちょうだい。ちょうだい……ぁあああああ、イキます……ぁあああ、ぁああああああ、ぁああああああ……くっ！」

奈央が腰の動きを止めて、躍りあがった。

下腹部で繋がったまま、がくん、がくんと腰を震わせている。

肉棹を咥え込んだ下腹部がしゃくるように動き、その搾りとるような膣のうごめきが、隆一郎を追いつめた。

バタンッ――。

隆一郎が射精しそうになったその瞬間、いきなり、部屋のドアが開け放たれた。

（えっ……！）

何が起きたのかわからないまま、隆一郎は音がしたほうを見た。

目の前の光景が信じられなかった。

ドアの前に、坊主頭の痩せた男が立っていた。

白いTシャツは泥で汚れ、カーキ色の作業ズボンにも運動靴にも土が付着している。

第三章　突然の乱入者

1

「だ、誰だ！」

隆一郎は奈央から離れて、闖入者《ちんにゅうしゃ》をにらみつけた。

と、痩せた男は無言で、背中に隠していたものを前に突きだす。刃物が薄明かりのなかで、鈍く光った。

「……！」

隆一郎はベッドの上を、毛布で奈央の裸身を覆いながら、じりじりと後ずさった。

「……うちのキッチンの包丁です」

奈央が耳元で囁く。

それならば、この男は強盗に違いない。一階から侵入して、キッチンの包丁を手にし、人の気配のする二階にあがってきたのだ。

平和な島だと思っていたのに、強盗が存在するとは——。

「わ、わかった。金が欲しいなら、やる。早まったことをしないでくれ」

隆一郎は強盗の気持ちをいなす。ところが、男は金品には興味を示さず、

「じっとしていろ」

刃物で脅しながら、部屋に置いてあるテレビのリモコンを持った。二人に向かって包丁を向けつつ、リモコンのスイッチを押した。

(こいつ、何をしているんだ?)

隆一郎には、強盗がすることがまったく理解できない。

テレビに映像が出てきて、チャンネルが変えられる。

地元テレビのニュース番組のチャンネルで男の手が止まった。テレビ画面で、スーツを着た中年のアナウンサーが緊張した様子でニュースを読みはじめた。

『たった今、入った速報です。E県I市のM刑務所O造船作業所から、受刑者の男が一名、脱走した模様です。男は山沖達生《やまおきたつお》、三十八歳。三時間ほど前に作業所から脱走したことが監視カメラで確認されております。山沖受刑者は窃盗の罪で懲役五年の判

決を受け、服役中だったとのことです。盗まれた車がS島のインター付近に乗り捨てられていたことから、E県警は山沖受刑者がS島に逃げ込んだと見て、捜査員を動員してS島全域を捜索中で……』

アウナウンスの間に、山沖の顔写真がテレビに大きく映し出された。

唖然として、声が出ない。

その山沖という写真の男は、紛れもなく今、二人に向かって包丁を突きつけているこの男だったからだ。

実際の山沖はテレビの写真よりも痩せて、憔悴《しょうすい》している。五分刈りの頭に四角い額が特徴的で、全体から受ける印象は怖いというより、むしろ、自分のしていることに怯えているように見えた。

情報を得たいのだろう、山沖は他のチャンネルにもまわして、自分の脱獄を伝えているニュースはもれなく見て、それからテレビのスイッチを切った。

「……山沖さん、なのか？」

確認をしたくて隆一郎がおずおずと訊くと、男は静かにうなずいた。

「刑務所を脱走してきたんだな？」

「……刑務所ね。正確に言えば、模範囚だけが行ける造船所だけどな」

「その造船所は知っている。選ばれた者だけが行けるところじゃないか。そんな模範囚がなぜ脱走したんだ？」

「……あんたにはどうでもいいことだろう。しばらくここに置いてもらう。警察が来たら、あんたが出ろ。俺のことはいっさい口にするな。誰も来ていない。何も異常はないと答えろ。余計なことを言ったら、その女の命は保証できない。そこの女、こっちへ来い」

山沖が包丁をつかって、奈央を手招いた。

隆一郎は勇気を振り絞って言う。

「やめてくれ。彼女には手を触れないでくれ」

「……裏口の鍵をこじ開けて入ってきたのにも気づかず、やりまくっていたのは誰だった？　お前らのいやらしい声がまる聞こえだったぞ……。いいから、来い！」

山沖が包丁を突きだした。

(そうか。聞かれていたのか……)

確かにこの男が入ってくる寸前まで、奈央とのセックスに我を忘れていた。

隆一郎はショックを受けたが、奈央は自分に輪をかけて傷ついているに違いない。

刑務所の作業所を脱走した男に、情交の恥ずかしい声を聞かれたのだから。

「来いよ！」

包丁で脅されて、覚悟したのか、奈央がベッドを降りようとする。

「奈央さん……行くな」

「大丈夫ですから……あの、ナイティを着てもよろしいですか？」

奈央は山沖に向かって、気丈に言う。

「……ああ」

山沖が答えて、奈央は白いワンピース形のネグリジェを着た。

シースルーの薄い布地なので、乳房のふくらみや突起、そして、下腹部の細長い翳《かげ》りも透けだしてしまっている。

奈央が近づいていくと、山沖は女体を後ろから抱くようにして、片手で持った包丁を喉元に突きつけた。

「名前は？」

「……奈央です」

「名字は？」

「よ、吉岡です」

「吉岡奈央か……あんたは？」

山沖ににらまれて、

「吉岡だ。吉岡隆一郎だ」

隆一郎は答える。

「二人の関係は？」

山沖が訊いてくる。

「……そ、そんなこと、あんたには関係ないだろ？」

隆一郎は突っぱねる。

「夫婦か？」

山沖が訊いてくる。

隆一郎は頭を回転させた。この男には二人の情事の声を聞かれてしまっている。そして、入ってきたときは、まさに挿入していた。

ということは、二人はセックスをする関係であると思わせておかないと、マズい。

「……そ、そうだ」

乗じて、ウソをつく。

「ほんとうか？」

「ああ……」

「おかしいな。さっき聞こえたぞ。奈央さんだっけ。あんた、この男のことを『おとうさま』と呼んでいたな」

「……そんなこと、言っていません」

奈央も真実を知られるのはマズいと感じたのだろう。機転を利かせて、それを否定する。

「いや、何度も聞いた。こっちがおかしくなるようないやらしい声で、そいつのことを『おとうさま』と呼んでいた。血の繋がった父親とは思えない。顔が違いすぎる。年齢も随分と離れている。愛人とパトロンってのがいちばん自然だ。だが、二人は同じ名字で、今も、夫婦だというウソをついた。残るのは、何だ……？　そうか。あんたはこの女の義理の父親なんだな。この女は、あんたの息子の嫁だろ？　違うか？」

山沖に図星を指されて、隆一郎は仰天した。

この男は想像以上に頭が切れる。

「……違う。バカなことは言わないでくれ」

「いや、違わない。その動揺ぶりでわかるよ。しかし、驚いたな。息子の嫁さんとやってるとはねえ……奈央さんだっけ……あんたもまさかのインラン女だな。義理の父親にやられて、あんなにアンアン喘いで……ダンナはどうしてるんだ？　夫は何をしているんだ？」

「……違います。わたしたちは夫婦です」

奈央がなおもシラを切る。

「ウソをつくな。刺すぞ。ほんとうのことを言え！」

山沖が包丁の切っ先を、奈央の喉に押しつけた。皮膚がたわんで、今にもブスッと入り込みそうだ。

「わ、わかった。ほんとうのことを言う。あなたの言うとおりだ。私は義理の父親だ。だから、奈央さんから刃物を離せ！」

隆一郎は奈央を助けたいその一心で、事実を明かした。

「ふん……吉岡さん、あんた意外に簡単な人だな。まあ、いい。事実を教えたんだから、許してやるよ」

山沖が奈央の喉元から切っ先を離した。それから、隆一郎に訊いた。

「ガムテープはあるか？」

隆一郎は押し黙った。おそらく、ガムテープで拘束《こうそく》するのだろう。自分たちを縛《しば》るものをわざわざ出すことなど、できない。

「義父と娘がやりまくっていること、他人には知られたくないだろう？　黙ってお いてほしいのなら、言うことを聞け。今のお前らの姿をケータイで撮って、二人がやりまくっていると、お前らの知り合いに添付メールで送ってやる。いいんだな？」

「……それは、困る」

「じゃあ、言うことを聞け」

「二人のことは絶対に口外しないと約束してくれ。それだったら……」

「ここにいる間、俺を護れ。護ってくれるのなら、約束してやる」

「絶対だな？」

「ああ……さっきテレビで聞いただろ？　俺は模範囚だ。そのへんの男たちより、よっぽどしっかりしてると思うぞ」

「わかった……ガムテープは、確か一階のリビングの収納にしまってあるはずだ」

「じゃあ、一緒に行こうか」

隆一郎はパンツを穿き、パジャマの上着だけ着ることを許されて、先に立って歩かされた。

すぐ後ろでは、山沖が奈央に包丁を突きつけているから、無茶なことはできない。それに、この男は理性が勝っているから、言いなりになっていれば、おそらく直接暴力を振るうこともないだろう。

（山沖がずっとここにいるとは思えない。時間が経過すれば、出ていく。それまで耐えるんだ）

そう自分に言い聞かせて、階段を降り、一階のリビングで収納ボックスを開けて、布製の粘着テープを取り出した。

2

山沖は粘着テープを奪い取り、

「悪いな。しばらくの間、我慢してくれ」

隆一郎の腕を後ろ手に取り、手首を合わせてぐるぐる巻きにする。それから、テープを切り、それを隆一郎の口に横一文字に貼った。

これで、隆一郎は唸ることくらいしかできなくなった。

「ここに座っていろ」

肘掛け椅子に座らされ、動けないように両足をテープで椅子の脚に縛りつけられた。

それから、山沖は奈央に向かって言った。

「腹が空いた。何でもいい。腹に入れるものをくれ」

奈央が、隆一郎のほうをどうしましょうか、という顔で見た。

隆一郎は、用意してやれという意味を込めて、うなずく。

「ビーフシチューが残っていますが、温めますか？　それでいいのなら？」

奈央が打診して、山沖がうなずいた。

奈央がＩＨヒーターに載っていたホウロウ鍋のなかのシチューを温める間、山沖はキッチンカウンターの前のスツールに腰かけていた。

後ろから見る山沖は、身体は細身だが、丸刈りにした頭を受ける首すじは太く、汚れたＴシャツに包まれた二の腕も筋肉質で、造船所ではおそらく力仕事をやらされてきたのだろうと思った。

脱獄囚の向こうには、食事を用意する奈央の姿がある。

白のネグリジェを着て、波打つ黒髪がネグリジェの胸や肩に散っている。

こんなときにこんなことを感じてはいけないことは、わかっている。

だが、大きくＵ字に開いた胸元からは乳房の白いふくらみがのぞき、さらに、ネグリジェを乳房がその優美な形そのままに持ちあげ、左右の突起がそのふくらみからそれとわかるほどに露骨に透けでて、とにかく色っぽい。

そんな艶かしすぎる奈央を見ているうちに、隆一郎は不安になってきた。

自分が見てもこんなにエロチックに感じてしまうのだ。山沖は三年も収監されていて、女には飢えているはずだ。

（こいつにとって、奈央は最高の獲物だろう。そのうちに、奈央を抱こうとするのではないか？　いや、山沖は今、警察に追われている身だ。逃走中に押し入った家の女を抱く余裕などあるのか？）

頭を悩ましている間にも、奈央が鍋のシチューをスープ皿によそい、カウンターに出した。

「おお、美味《うま》そうだ！」

よほど空腹だったのだろう、山沖は間髪を入れずにビーフシチューを食べはじめた。間断なくスプーンを動かしてシチューを口に運び、そして、牛肉を頬張ってむしゃむしゃと食べる。

それを見ていた奈央が、

「よろしかったら、これも」

と、フランスパンを皿に載せて、差し出した。

「ありがとう。悪いな……シチュー、めちゃめちゃ美味いよ」

山沖が笑顔を見せ、フランスパンを食い千切り、ビーフシチューとともに呑み込んでいく。

そんな姿を見ていると、山沖は窃盗犯だから人をあやめたことはないだろうし、そう悪い男ではないのではないか、と思ってしまう。

（自分でさえそう感じてしまうのだから、料理を出して、美味《おい》しいと言われた奈央は、山沖に親近感を抱いてしまうのではないのか？　それはマズいだろう）

シチューとパンを食べ終えた山沖は、

「ありがとう。美味しかったよ」

また、奈央の作った食事を褒める。

奈央がコーヒーを淹《い》れて、湯気の立つコーヒーをカウンターに出した。

「悪いな……俺ごときに……」

山沖はコーヒーカップをごつい指でつかんで、カップの縁に口をつける。

奈央はシンクのところで、皿を洗いはじめる。

すると、山沖が席を立ち、オープンキッチンに向かった。冷蔵庫を開けて、なかに何が入っているかを確認している。

それから、冷蔵庫から缶ビールを取り出して、ごくっ、ごくっと美味しそうに呑んだ。

呑みながら後ろから奈央を見ていたが、やがて、奈央が食器を洗い終える頃になって、さっきの粘着テープをつかんで、キッチンに立つ奈央の後ろにまわった。

「終わったか？」

奈央がうなずいた。

「悪いが、両手を後ろにまわしてくれ」

「へんなことは、しないでくださいね」

「ああ……あんたは大切にするよ」

奈央がおずおずと両手を背後にまわし、山沖がその腕を重ねて、粘着テープで巻きはじめた。

（奈央さんが身動きできなくなってしまうのは心配だが、山沖は、大切にすると言ったから、妙な真似はしないのではないか？）

そう、隆一郎は彼の言葉にすがるしかなかった。

両腕を後ろ手に拘束されながら、こちらを不安そうに見る奈央の姿が、カウンター越しに見える。

（奈央さん、踏ん張ってくれ）

大丈夫だから、という意味を込めて、隆一郎は何度もうなずく。

だが、現実はそう甘くはなかった。

粘着テープをシステムキッチンに置いた山沖が奈央の後ろに立って、背後から奈央を抱きしめた。

「あっ……ちょっと！」

奈央が逃れようと身体をひねる。

「は、話が違います。さっき、あなたは大切にすると……」

「もちろん大切にするさ。だが、それは俺の女として大切にするということだ。俺がここにいる間、俺の嫁になってくれ……あんたは魅力的すぎる。そいつがあんたにとち狂う気持ちがよくわかる」

山沖は、隆一郎を見て言い、白いネグリジェの上から奈央を抱きしめて、黒髪に顔を埋める。

「ああ、いい匂いだ。女の匂いだ……ひさしぶりだよ。作業所ではエロ本は見られるが、匂いまでは伝わってこないからな。もう何年ぶりだろう。痺れるような匂いだ」

うっとりと言い、奈央の肢体に後ろから抱きついている。

「ううっ……！　ううっ！」

隆一郎は「やめろ。やめないか！」と怒鳴っているつもりだが、粘着テープで口をふさがれているので、呻き声にしかならない。

「やめてください……あなたを精一杯護ります。でも、あなたの女になるのは無理です。こういうことは、やめ……ぁあああ、くっ！」

訴えていた奈央の悲痛な声が途中で、変わった。

見ると、山沖が襟《えり》元から手を入れて、奈央の乳房をじかに揉みしだいているのだった。白いシースルーのネグリジェが手の形に盛りあがっている。

隆一郎は「やめろ。やめないか」と訴え、懸命に椅子にくくりつけられた足を解き放とうと身をよじる。だが、粘着テープが幾重にも巻かれていて、どうやっても解けない。

その間にも、山沖は奈央の乳房を荒々しく揉みしだき、髪に顔を埋めて唸っている。

「これ以上、罪を重ねないでください。脱走くらいなら、大した罪にはならないはずでしょ？　女を手込めにしたら、もっと罪が重くなるんじゃ……」

山沖に冷静になってもらいたいのだろう、奈央が必死に訴える。

「あんたが人に言わなきゃ、バレないさ。それ以上に、俺は逃げ切るから、捕まらないよ。それに……あんたはあいつに嵌められて悦んでいた。言うとおりにしないと、お前らの畜生みたいな関係をばらすぞ。ばらされてもいいのか？」

山沖が逆に脅してきた。

隆一郎は山沖への考え方を完全に変えた。一時は、思ったより人がいいのでは、とも思った。だが、違う。この男は人がいいのではない。頭がいいのだ。たんなる窃盗犯ではなく、知能犯なのだ。

そうでなければ、三年間の収監生活で模範囚を演じられるはずがない。

奈央の抵抗がやんで、山沖がもう一方の手でネグリジェの裾をまくりあげたのが見えた。

「やっ」と、奈央がしゃがむと、

「立てよ！」

山沖が力ずくでその身体を引きあげ、そのまま、キッチンから出て、リビングに引っ張ってきた。

抵抗する奈央を、ドンとソファに突き飛ばした。

奈央がよろけて、三人用のソファに横向きに倒れ込んだ。粘着テープで後ろ手にくくられているので、受け身を取ることもできないのだ。

倒れた拍子に、ネグリジェの裾がはだけて、むっちりとした白い太腿がかなり上まであらわになり、その太腿を天井に埋め込まれたダウンライトが鮮明に照らしだした。

奈央がその姿勢で、鋭く山沖をにらみつけた。

「何だ、その目は！」

山沖が本性を剝きだしにした。

パーンと片頰を平手打ちされて、奈央の顔が激しく振れた。

打たれた頰を押さえて、「うっ、うっ」と嗚咽する。

山沖はソファにあがり、女体にまたがって、言った。

「逆らわないでくれ。あんたは美味しい食事を恵んでくれた。悲しませたくはないんだ……ほら、奈央さん、泣くなよ。悪かったな、もうしないから」

山沖は一転してやさしくなって、奈央の乱れた黒髪を撫で、あふれだした涙を指で拭った。

それから、肩口から手をまわし込んで、奈央をぎゅうと抱きしめる。

すると、奈央の嗚咽が徐々にやんだ。

「ほんとうは、こうしているだけでいいんだ」

山沖は、奈央のネグリジェ越しに胸のふくらみに顔を埋めた。そのままじっとしている。

「ああ、いい匂いがする。オッパイが柔らかくて、気持ちがいいよ」

そう甘えたように言い、胸のふくらみにぐりぐりと顔を擦りつける。それを見ているると、自分も同じようなことを奈央にしたな、男は似たようなことをするのだな、とつい共感を覚えてしまう。

「刑務所はつらかった。造船所に来てから、刑務官に何かと目をつけられて、随分と理不尽なことを強要された。いじめられたよ。人間性を否定されたひどい生活だった。こうしていると、自分が人間だったんだなと思うよ。奈央さん、あんたは素晴らしい女だ。見ていればわかるよ」

そう言って、山沖はネグリジェを脱がしにかかる。

だが、後ろ手にくくっているから、ネグリジェは途中までしか降りない。試行錯誤をしていたが、無理だとわかったのか、山沖はネグリジェの襟元に手をかけた。

半袖のTシャツからのぞいた二の腕に力瘤《ちからこぶ》ができて、次の瞬間、乾いた音とともにネグリジェの生地が胸のところから二つに裂けた。

「あああ……！」

と、奈央が声にならない悲鳴をあげて、顔をそむけるのが見えた。

こぼれでた乳房に、山沖が顔を埋める。

「やめて……！」

奈央が血を吐くような声で言った。

だが、山沖はいさいかまわず、奈央の乳房に貪りつく。

むんずとつかんだ形のいい乳房をその感触を確かめるように揉みしだき、それから、乳首にしゃぶりついた。

「んっ……！」

奈央が小さく呻いて、顔を撥ねあげるのが見えた。

山沖は無我夢中という様子で、乳首を舐めしゃぶり、口に含んでうぐうぐと顔をふくらみに擦りつける。

（ああ……やめろ……やめてくれ！）

隆一郎は心のなかで訴える。

ようやく抱いた愛《いと》おしい息子の嫁が、脱獄囚に穢《けが》されようとしているのだ。それなのに自分は何もできない。

気が触れてしまいそうになる。

山沖が立って、服を脱ぎはじめた。

Tシャツを頭から抜き取り、カーキ色の作業ズボンを降ろし、ブリーフを脱いだ。

（……！）

隆一郎は唖然とした。

赤銅色に焼けた太棹が、臍に向かってそそりたっている。

その逞しさと角度は、最近はかろうじて頭を擡げている自分のイチモツとは雲泥の差があった。

モジャモジャの剛毛からいきりたっている肉の柱を見て、奈央がハッと息を呑むのがわかった。

山沖はそれを露出させたまま、足元にしゃがみ、奈央の足を開きながら持ちあげ、翳りの底にしゃぶりついた。

「ぁああ、いやっ……いやです。お願い、やめて……やめ……はうぅぅ」

奈央が言葉を途中で切って、顔をのけぞらせた。

ソファの座面に後頭部を埋め込むようにのけぞって、「ぁあああぁぁ」と声を洩らした。途中まで引き裂かれた白いネグリジェが腰にまとわりついている。

山沖が顔をあげて、にっと笑った。

「濡らしてるじゃないか……義父に抱かれてよがって、その上、俺にマンコ舐められて、悦んでいる。わたしはセックスなんかしませんって気取った顔をしているくせに、本性はインランか……もっと悦ばせてやるよ」

山沖がソファに片方の膝を突き、奈央の膝をすくいあげた。

猛りたつものを手で導いて膣口をさぐっているようだった。見つけたのか、手を離した。山沖の腰が躍り、

「うぁあっ……！」

奈央がのけぞりかえった。

野太いものを打ち込まれた衝撃を表すように、眉間に深い縦皺が刻まれている。

（ああ、奈央……！）

隆一郎は目の前に赤いカーテンが降りてくるような錯覚をおぼえた。すべてが血のように赤いものに覆われる。

赤い視界のなかで、山沖が動きだした。

両手で奈央の膝裏をつかみ、足を開かせながら、上体を立てて腰をつかっている。

隆一郎にも野太いものが、奈央の翳りの底に押し込まれ、出てくるさまがはっきりと見えた。

（やめろ、やめてくれ……）

隆一郎はどうにか拘束を解こうと、腕や足に懸命に力を込める。こんなに力んではまたゼンソクの発作に見舞われるかもしれない。だが、そんなことを心配している場

合ではない。

息子の嫁が、脱獄囚に犯されているのだから。

「ううっ、うおおっっ……や、め、ろ……」

どうにかして言葉を発する。

山沖はちらりとこちらを見て、

「あんたは黙ってろ。だいたい、俺を叱る資格なんかないだろう？　息子を裏切って、その妻を寝取っているんだからな」

山沖の言葉に打ちのめされて、隆一郎は言葉を失った。

「あんたはそこにいて、指を咥えて、見ていろ」

そう言って、山沖がまた腰をつかいはじめた。

すらりと長い足をつかんで開かせ、前傾するようにして、力の限り、肉の棹を打ち込んでいく。

「うおおっ……たまらんな。どうなってるんだ？　どんどん濡れてくるぞ。外も内もぬるぬるだ。ぬるぬるのくせに、締まってくる。ああ、吸い込もうとしてる。俺を吸い込もうとしてる……くうぅぅ」

山沖は何かにとり憑かれたように、吼えながら腰を激しく打ち据えている。

「うっ、うっ、うっ……」

打ち込まれるたびに、あらわになった乳房をぶるんぶるんと大きく揺らして、奈央は灰白い喉元をさらし、低く呻きはじめた。

(やめろ！　やめてくれ！)

ついさっきまで、隆一郎は奈央と幸せなセックスをしていた。天国だった。なのに、今は、地獄だ。

3

溜まりに溜まった性欲を吐き出しているようにひたすら打ち込んでいた山沖の腰づかいが変わった。

急に乱暴さが消えて、奈央の表情をうかがいながら、挿入の角度を変え、ストロークにも緩急をつけはじめた。

(おい、何をしてるんだ？　まさか、奈央を感じさせようとしているんじゃないだろうな？)

隆一郎は心配になってきた。

もしも奈央が山沖のテクニックに負けて、昇りつめるようなことがあったら——。

そんな隆一郎の危惧をわかっているように、山沖はちらりとこちらを見た。

にっと笑って、体を前に倒した。

汗ばんで妖しく光っている乳房をつかみ、やわやわと揉む。その手つきはさっきのように乱暴なものではなく、奈央を感じさせようという意図がうかがえる。

「おいおい、もう乳首が勃《た》ってるじゃないか。どうして、こんなにおっ勃てている？

こうされたいんだな」

山沖が乳首をいじりはじめた。

（ああ、よせ……それはよせ！）

だが、山沖は左右の乳首をつまむようにして指腹でさすっている。

「すごいな。あっと言う間に、カチンカチンになった。どんだけいやらしい身体なんだ。ダンナでは満足できないで、『お義父《とう》さま』に抱いてもらっているのか？」

奈央は激しく首を左右に振って、下からきっとにらみつけた。

「あんた時々きつくなるな。ほんとうはきつい性格なんだろ？　それを抑えている。コントロールして、周りを騙している。そうだよな？」

「違います！　バカなことを……うあっ……」

奈央の言葉が途中で途切れた。

山沖が乳房にしゃぶりついたのだ。

片方の乳首を指で転がされ、もう一方をチューと吸いつかれて、

「……や、め、て……はうぅぅ」

奈央がぐーんと顎をせりあげた。

山沖に両方の乳首を攻められて、「くっ、くっ」とこらえていたが、やがて、力強く打ち込まれて、

「はうぅぅ……！」

これ以上は無理というところまで、顔をのけぞらせる。

「すごいな。乳首を攻めると、オマンコが締まってくる。ぎゅんぎゅん締まってくる。おおぅ、からみついてくるぞ……あんた、すげえ女だな。ダンナも『お義父さま』もあんたに骨抜きにされてるんだろうな。わかるよ」

山沖は片方の乳首を指を上下に小刻みに振って刺激しながら、バス、バスッと腰を打ち据えている。

「うっ……！　うっ……！」

奈央は大きく顎をせりあげる。が、懸命にこらえているようにも見える。

だが、隆一郎にはよくわかっている。奈央は乳首をかわいがられながら、膣を突かれることに弱い。すぐにイキそうになる。

（ああ、奈央……耐えてくれ。感じるなよ。それ以上はダメだ。こらえてくれ！）

隆一郎はソファの二人に目をやる。

山沖が片方の乳首を指で弾《はじ》きながら、もう一方の乳房を荒々しく揉みしだき、ゆるやかに腰をつかう。

腰の動きが止まると、しばらくして、奈央の下腹部がせりあがってきた。

まるで、やめないでとでも言うように、尻がソファから離れるほどに腰を浮かせ、恥毛を擦りつける。

「何だ、この腰は？」

山沖にいたぶられて、奈央がハッとしたように腰の動きを止める。

「今、自分から腰をつかったよな。恥ずかしい女だ。脱獄囚に無理やりされて、自分から腰をつかいやがった」

「つ、つかっていません！」

「ウソをつくな。ふふっ、こうして欲しいんだろ？」

山沖につづけざまに深いところに打ち込まれて、

「んっ……んっ……んっ……」

奈央は両手を後ろ手にくくられた状態で、乳房を揺らしながら、懸命に喘ぎ声を噛み殺している。

「気持ちいいんだろ？　ほら、言えよ。気持ちいいって！」

山沖が強い口調で言う。だが、奈央は口を閉ざしている。

山沖は左右の乳首を指で小刻みに撥ねながら、力強いストロークを打ち込んでいく。

「ああ、ぁあああ……やぁあああ。やめて……」

「なぜ、やめて、なんだ？」

奈央がまた口を閉ざす。

「じゃあ、やめるぞ」

山沖が腰の動きを止めると、焦《じ》れたように、奈央の腰が揺れはじめた。

すらりとした足を曲げて、踏ん張りながら、ぐぐっ、ぐぐっと下腹部を持ちあげて、擦りつける。

(奈央さん、あんたは脱獄囚相手でも感じてしまうんだな。敏感な肉体が精神を裏切っていくのだな)

そう感じたとき、隆一郎は股間のものが力を漲らせていることに気づいた。イチモツがブリーフを突きあげている。

（ど、どういうことだ？　なぜ俺は勃起している。最愛の女が犯されているのに、こんなにして……最低の男だ。俺は最低だ！）

隆一郎が自分を責める間にも、山沖は足を放して、奈央に覆いかぶさっていく。

山沖は背中を丸めて、乳首にしゃぶりついた。乳房を揉みながら、明らかに尖っているとわかる乳首を吸い、舐め転がす。

「くっ……くっ……」

奈央は顔をのけぞらせ、懸命に声を押し殺している。いつもなら、手指を噛んでこらえるのだが、今、両手は後ろ手に縛られている。

その代わりとばかりに、白い歯列をのぞかせて食いしばったり、下唇をぎゅっと噛んだりしている。

それでも、奈央の肉体が徐々に高まっているのがわかる。

その証拠に、下になった奈央は乳首を攻められて、「ああ、ぁあぁうぅ」と抑えきれない声を洩らしなから、山沖の腰に足をまわしてからませ、もっと深いところにとばかりに踵《かかと》で腰を引き寄せる。

引きつけながら、自らも下腹部を押しつけて、そこで微妙に腰を揺らせる。

（ああ、奈央さん…………！）

奈央の姿を嘆きながらも、体の奥のほうでは何かまったく別種の爛《ただ》れた感情が渦巻いている。それが、隆一郎の下腹部をいきりたたせるのだ。

見なければいい。しかし、どうしても目を瞑《つむ》ることはできない。

この一部始終をしっかりと目に焼きつけておきたい。

「んっ、んっ、ぁあああうぅ」

奈央の洩らす喘ぎの質が変わった。

見ると、山沖が奈央の腰に手をまわして引きあげていた。そして、奈央は腰を浮かしたブリッジをするような格好で、強く貫かれているのだった。

（ああ、やめろ……！）

奈央にはマゾっけがあるから、こういう体位はいっそう感じてしまうのではないか？

「おおぅ、締まってくる。どうしようもない女だな。こうされるのがいいんだろ？」

山沖はソファに膝を立て、くびれたウエストを両側からつかみ寄せながら、猛烈に腰を叩きつけている。

バスッ、バスッと音がして、ブリッジした奈央のしなやかな裸身が揺れる。

「しぶとい女だな。いい加減、素直になったらどうだ？」

山沖が上から語りかけて、奈央が横を向く。

「いいねえ……プライドの高い女はつきあうのは勘弁してほしいが、セックスするにはいちばんだよな。仮面を引っぺがしたくなる。いつまで、我慢できるかな？」

そう言って、山沖が腰を支えていた手を離し、奈央の足をつかんで自分の肩にかけさせた。

そのまま前屈みになったので、奈央の肢体が腰から二つに折れ曲がった。

「ぁあぁうぅ……！」

奈央がつらそうに呻いた。

「こういうのが好きだろ？　きついほど燃えるんだろ？　そういうタイプのように見えるよ」

山沖は奈央の足を肩にかけて前傾し、両手をソファに突きながら、そのV字に折れた裸身に打ちおろす。

上のほうから肉の棹が落ちてきて、

「うっ……うっ……」

と、奈央は呻く。

奈央は後ろ手に腕をテープで縛られている。その上、この姿勢ではそうとうきついに違いない。

つづけざまに打ちおろされて、奈央の気配が変わってきた。

肘掛けに載せていた頭が落ちかけて、仄白い喉元があらわになり、黒髪は乱れて下に落ちている。

背中と腰のつなぎ目あたりに粘着テープでひとつにくくられた腕が見える。強く打ち込まれるたびに、奈央は指で細い手首をぎゅうと握りしめ、

「ぁあああうぅぅ……！」

と、凄艶《せいえん》に喘ぎ、顔をのけぞらせる。

山沖も高まっているのか、額から汗をぼたぼたと垂らしながら、上から連続して打ちおろしている。

「んっ、んっ、んっ……」

という断続的な喘ぎが、

「あんっ……あんっ……ぁあああぁぁ」

と、哀切なものに変わった。

奈央は打ち込まれるたびに顔を撥ねあげ、ぶるんっと乳房を揺らし、今にも泣きだ

さんばかりの表情を見せる。

「ぁああ……ああ……」

と期待に満ちた声を洩らし、そこにずんっと上から打ちおろされて、

「ぁあああああ……！」

口をひろげ、喉元をさらし、後ろ手の指で手首を握りしめる。

その様子がどんどん逼迫してきた。

(イクのか？　奈央さん、気を遣るのか？)

それを見ている隆一郎も、まるで自分がセックスをしているように昂奮《こうふん》していた。

ブリーフを持ちあげた切っ先からは先走りの粘液が滲んでいる。

昂奮して赤く染まった視界のなかで、山沖の腰づかいが明らかに速く、激しいものになった。

「おおぅ、出すぞ。出す！　そうら」

「あん、あん、あんん……ぁああ、中はいや、絶対にいやっ……」

奈央が悲痛な声で訴える。

「わかった。外に出してやる。その代わり、お前もイケ。きちんとイクんだ……おおおぅぅ！」

奈央の足を肩にかけて前屈した山沖が、上から腰を打ち据える。そして、奈央は大きくのけぞり、痙攣しながら、

「ぁああ、あああぁぁ……もう、もう、イッ……」

「そうら！」

山沖が迫力のあるストロークを振りおろして、さっと太棹を抜いた。抜かれた瞬間、白いしぶきが放たれ、奈央の腹部や胸に飛び散っていく。

奈央も気を遣ったのだろうか、がくん、がくんと震えていたが、やがて、ぐったりとソファに横たわった。

4

「おらっ、拭いてやれよ」

山沖は、隆一郎の腕の縛《いまし》めを解いて、ウエットティッシュの入った円筒の容器を差し出してきた。

奈央はソファの上で力なく横たわっている。その肌には、山沖の放った精液が付着して、とろっとしたたっているのだ。

「あんたの女だろ？　それとも、あれか？　他の男の精液じゃ不潔でいやだとか？」

山沖に拭かれるくらいなら、自分で清めてやりたい。

隆一郎は粘着テープをいまだ口に貼られているから、喋ることはできない。

うなずいて、ひとつに縛られた足でぴょんぴょん跳ねて、奈央に近づいていく。

ソファの前にしゃがみ、円筒ボックスの穴からティッシュを何枚も取り出して、湿ったティッシュで奈央の身体を拭いてやる。

後ろ手にくくられてソファに横たわる奈央の、腹部や乳房に飛んだ白濁液を丁寧に拭い取り、新しいティッシュで肌を清めてやる。

すると、まるで意思を失ったように呆然としている奈央の瞳から、大粒の涙があふれた。

「……すみません、お義父さま」

隆一郎を見て、申し訳なさそうな顔をする。

隆一郎は感極まりながらも、首を左右に振った。

（謝る必要はないんだ）

乱れた髪の毛を撫でさすっていると、怒りがふつふつと込みあげてきた。

隆一郎はすぐ後ろにいた山沖めがけて、ティッシュの容器を投げつけ、それを山沖がよけている間に突進した。

体当たりをかましたつもりだったが、寸前で体をかわされ、目標を失った隆一郎は、前につんのめって倒れた。

「ふふっ、お義父さん、やるじゃないか。あんたの気持ちはよくわかった。しかし、俺がここにいる間は、この俺が奈央のご主人様なんだよ。わかったな？」

隆一郎は首を左右に振る。

すると、また山沖が隆一郎の手を後ろにねじりあげ、両手を粘着テープでひとつにくくった。

「まだ、終わったわけじゃないぞ。あんたはそこでまた見ていろ」

カーペットに突き転がされて、隆一郎は床に横たわる。

山沖は、奈央の裸身にまとわりついていたネグリジェを完全に剝《は》ぎとると、耳元で何か言った。

奈央がいやいやをするように首を振る。

山沖が奈央を床に降ろし、座らせた。

そして、下腹部のイチモツをぐいと口許に突きつける。

ついさっき射精したばかりだというのに、それは重そうな頭を擡げていた。

「しゃぶれよ。お前が汚したものだろう」

奈央が首を左右に振った。すると、

「しゃぶってくれないか？　頼むよ。もう、奈央には暴力を振るいたくはないんだ。ビンタしたくないんだよ。頼むよ……どうせすぐに出ていくからさ。少しの間、我慢すればいいんだ。頼むよ」

山沖が今度は打って変わって、やさしい口調で頼み込む。

「……早く、出ていってくださいね」

「ああ、なるべく早く出るよ。だから、なっ、頼むよ。頼みます」

奈央がちらりと山沖を見あげ、それから、いきりたつものの頭部を、唇をひろげて咥え込んでいく。

汚れたものを、厭うこともせずに途中まで頬張って、肩で息をする。

それから、おずおずと奥まで唇をすべらせ、静かに引きあげていく。

その動作を繰り返し、奈央はいったん肉棹を吐き出して、自分の唾液と愛蜜にまみれたものを丁寧に舌で舐め清めていく。

生まれたままの姿で、両手を後ろ手にくくられ、男のものを清めていく奈央――。

（やめろ、そんな男のペニスなど舐めるんじゃない！）

そんな気持ちと同時に、隆一郎は昂奮していた。

自分が縛られて、床に転がされているというその惨《みじ》めさが、その倒錯的な気持ちに輪をかけているのかもしれない。

（そんなに丁寧に舐めなくてもいいだろう！）

奈央は両手を後ろ手にくくられながらも姿勢を低くし、裏筋をツーッ、ツーッと舐めあげていく。

まるで、自分を絶頂に導いてくれたその逞しいシンボルに感謝をしているようにも見えてしまう。

山沖の肉棹は隆一郎のものより立派であるし、おそらく、息子のものよりも大きいだろう。やはり、大きい方がいいのだろうか？　女は長大なイチモツにはひれ伏すものなのだろうか？

奈央はツーッと舐めあげていき、そのまま上から頬張った。

カーペットに両膝を突き、正座の状態から尻をあげ、唇をいっぱいにＯの字に開き、顔をゆったりと打ち振っている。

（おおぅ、奈央さん……随分と恍惚としてるじゃないか。デカいものを頬張るのがいいのか？　奈央さんのマゾ心をかきたてるのか？）

隆一郎の股間のものがまた頭を擡げてきた。

「あんたはいい女だな。これまで目にした誰よりも、いい女だ。きれいだし、料理は上手いし、家事もきちんとやるみたいだしな……何より、セックスがすごいよ。料理を作ってるときはほんとうにお淑やかで、落ち着いているのに、いざセックスとなると変わるんだな。こういうことをされるのも好きだろ？」

奈央をやたら褒めていた山沖が、奈央の顔の両側を両手でつかんで、ぐぐっと下腹部を突きだした。

長大なイチモツがほぼ根元まで埋まっていき、

「ぐぐっ……！」

奈央が苦しそうに眉根を寄せて、山沖を見た。

「うん、いい目だ。男をそそる目だ。もっとだ」

山沖は反りかえるようにして肉棹を突きだした。イチモツが根元まで完全に口のなかに姿を消して、

「うぐっ……うはっ！　うげげ……ごふっ、ごふっ」

奈央がとっさに顔を離して、えずき、噎せる。

「吐き出すなよ。奈央なら、できるはずだぞ。我慢して、咥えていろ」

山沖はふたたび奈央の顔をつかんで、顎関節に指を食い込ませる。自然に口が開いて、そこに、いきりたつものを押し込んでいく。

「噛むなよ。噛んだら、二人とも殺すからな」

そう言って、山沖が腰をつかった。

いきりたつものをぐいぐいと口腔に打ち込み、それから、奈央の後頭部をつかみ寄せて、腰を反らせる。

すっかり口腔におさまったイチモツの先が喉を突いているのだろう、奈央が苦しげな喉音を立てて、もがいた。

「我慢だ。我慢しろ。お前ならできるだろ」

そう励ますように言って、山沖はなおも奈央の喉を突きつづける。

髪をつかまれているので、身動きできないのだ。上を向かされて、野太いものが入り込んだ口の隅から、ごぼっ、ごぼっと白濁した涎があふれている。

しかし、奈央は山沖の期待に応えようとでもしているのか、身体は吐き出そうとしているが、意志の力で抑え込んでいるように見える。

その目は涙ぐんでいて、きらきらと光っている。

（ああ、奈央……！）

隆一郎にも奈央の苦しさが伝わってくる。だが、奈央がこらえているその姿を見ていると、得体のしれない感情が湧きあがってくる。

山沖は腰を引き、肉棹を外して、

「よく頑張ったな。偉いぞ。いい子だ」

さっきまでとは一転して、奈央の乱れた黒髪をやさしく撫でた。

奈央はあふれでた涎とも唾液ともつかないもので、口の周囲をべとべとにし、胸を激しく波打たせながらも、目を細めてぼぅと山沖を見あげている。

二人の間に、他人では理解しがたい情動が通いあっているような気がして、隆一郎は嫉妬を感じた。

「これが欲しいか？」

山沖に訊かれて、奈央はうつむいたまま答えない。

「床に這え」

山沖に命じられて、奈央はおずおずと床に両膝を突いた。両手を背中でひとつにくくられているから、顔を横向けて身体を支えている。

(可哀相じゃないか！)

隆一郎が憤りを感じている間にも、山沖が後ろにまわって、猛りたつものを打ち込

んでいく。イチモツが奈央の体内に沈み込んで、

「くぁああ……！」

一瞬縮めた背中を反らせて、奈央が顎を突きあげた。

「すごいな。さっきより締めつけが強いぞ。なかがうごめいている……おおっ、そうら……」

山沖が後ろから腰を激しく打ち据えた。パチン、パチンと音が立ち、

「くっ、くっ、くっ……」

奈央は横を向いたまま、前後に揺れながらも、声を押し殺している。

「しぶといな。我慢するなよ。遠慮しなくていいんだ。声を出せよ」

山沖が怒ったようにヒップをぎゅうと手でつかんだ。

「くうぅ……」

「痛いか？」

「はい……」

「これがいやだったら、声を出せよ。あいつを意識しているんだろうが、心配するな。『お義父さま』はさっきから、股間をふくらませている。お前が感じるのを見て、昂奮してるんだよ……見なよ」

奈央がこちらに顔をねじったので、隆一郎は必死に体をくの字に折り曲げた。それでも、ブリーフをすごい勢いで持ちあげているイチモツの怒張は見えるはずだ。

「なっ、ほんとうだろ？　あいつは奈央が感じるほどに昂奮するんだよ……そうら、声を出せよ」

山沖が後ろから強く突いた。

奈央はこちらを向いて、懸命に声を押し殺しているようだったが、ついに、

「あっ、あっ、あっ……ぁあああああぅ」

と、切なげに喘いだ。

「気持ちいいんだろ、どうだ？」

「……………」

「後ろからされるのが好きだろ？」

「……………」

「マゾだろ、あんた？」

奈央はずっと口を噤《つぐ》んでいる。

「しぶといな。自分でもわかってるんだろ？　まあ、いい……」

山沖は後ろから覆いかぶさるようにして、手をまわし込ませ、乳房を揉みしだいた。

乳首を捏ねながらも、後ろから腰を叩きつける。

「ぁああ、ぁあああ……あんっ、あんっ、ぁあうぅぅ」

「気持ちいいか？　言えよ！」

奈央はいやいやをするように首を左右に振る。

「ほんと、しぶとい女だ。そうら、乳首がカチンカチンじゃないか……ひねり潰してやる」

山沖が乳首をぐいとねじり、

「くうぅぅ……許して」

奈央が苦しげに訴える。

「ダメだ。素直に声を出すまで許さない」

「ぁあああ……ぁあああ、ぁあうぅ……」

「そうら」

山沖が乳首から指を離し、大きく腰を打ち振った。

後ろ手に粘着テープでくくられたその部分をつかみ、両腕を引っ張りあげるようにして、猛烈に腰を叩きつけていく。

「あん、あんっ、あんっ……ぁあああ、ダメ……ダメ、ダメ、ダメ……」

奈央が逼迫した声を放った。

「イクんだな？　イクんだろ？」

奈央は首を左右に振る。

「イカせてやる」

山沖が激しく腰を叩きつけたとき、

「あん、あん、あんっ……やぁあああああぁぁぁぁぁ、くっ！」

最後は生臭く呻いて、奈央がのけぞりかえった。

両手を後ろ手に取られながらも、上体を反らせる。

それから、糸が切れたように前に突っ伏していく。

山沖が前に崩れた女体を追っていき、腹這いになった奈央の髪の毛をつかんで、ぐいと引っ張った。

「イッたよな。今、イッたよな」

「……イッてません」

山沖がふたたび動きだした。髪をつかんで奈央の上体を反らしながら、尻に向かって腰を叩きつける。

「あああああ、もう、もう、許して、お願い……」

「許さない。そうら、イケよ」

山沖が連続して屹立を、尻の間に打ち込んでいく。

「あっ、あっ、あっ……やぁああ、許して、許して……」

「中に出すぞ。中出ししてやる」

「ああ、それだけは、やめて！」

「じゃあ、他のことは何でも言うことを聞くな」

「はい、はい……言うことを聞きます。だから、中だけはやめてください……」

「わかった。じゃあ、その代わり、声を出せよ。素直になれよ。そうしたら、外に出してやる。そうら」

山沖に連続して打ち据えられて、奈央は、

「あんっ、あんっ、あんっ……ぁあああ、イ、イクわ。ほんとうにイキます……ぁあああ、ぁああああ……許して！」

「そうら、イケ！」

駄目押しとばかりにぐいと突き刺されたとき、

「ぁあああああああ、くっ……くっ……くうう」

奈央は腹這いの姿勢で、尻だけをぐぐっと持ちあげた。

そのもっと欲しい、という本能的な尻のせりあがりがひどくいやらしく、隆一郎は頭のなかで射精していた。

「おぉぅ……！」

山沖が唸りながら、持ちあがってきた尻に向かってもうひと突きし、それから、腰を離した。

その直後に白濁液が飛び散って、奈央の背中と尻を白く穢していった。

第四章　寝取られの夜

1

ピンポーンとチャイムが鳴った。

山沖が隆一郎の粘着テープを素早く剝がし、応答するように命じる。

隆一郎は自由になったが、奈央が包丁を突きつけられているから、妙な真似はできない。

「はい……どなたでしょうか？」

隆一郎はインターフォンの通話ボタンを押して、応答する。

「すみません、夜分遅く。警察です。ちょっとお話が……」

インターフォンの画面には、二人の制服を着た警察官が映っている。

「……少しお待ちください」

命じられるままに隆一郎はズボンを穿き、身繕《みづくろ》いをととのえる。

「聞いているからな。妙なことを言ったら、奈央がどうなるかわかってるな？」

山沖に脅され、隆一郎はうなずいて、リビングを出る。

怪しまれてはいけないという気持ちになっていた。

この脱獄囚に、奈央は目の前で犯された。ここに山沖がいることをばらしたら、山沖は捕まるかもしれないが、そうなったとき、ここで何が起きたのかを警察は尋問するだろう。そこで、山沖がすべてを話したら……。山沖が侵入してきたとき、隆一郎は息子の嫁を抱いていたのだ。二人の秘密だけは何を差し置いても、絶対に護《まも》らなければいけない。

隆一郎はちらりとリビングのほうを見、玄関ドアのチェーンを外して、ドアを開ける。

長身の痩せた警察官と太って背が低い相棒――絵に描いたような二人組が玄関の外で佇んでいた。隆一郎は先手を打った。

「例の脱獄囚のことですか？」

「そうです。ちょっとなかへ……」

「どうぞ」

隆一郎は二人を玄関に招き入れる。

「すみませんね、こんな夜分に。まだ明かりが見えたので、起きていらっしゃるかなと思いまして……おわかりのとおり、刑務所の作業所から脱走した受刑者がこの島に逃げ込んでいます。発見されるまでは戸締りに気をつけて、無駄な外出はなさらないように」

長身の男が説明をし、小柄で太った男が抜け目なく室内の気配をうかがっている。

「何か異常はありませんか？　物音がしたとか、誰かを目撃したとか？」

短躯の警察官が訊いてきた。

「ありませんね。何か異常があったら、警察に連絡しますよ。でも、困りますね。早く捕まえていただかないと」

隆一郎は自分がぬけぬけとウソをつけているのが不思議だった。

「……申し訳ありません。今、大量の署員を動員して、山狩りをしています。それに、ご存じのようにこの島には空き家が多いですから。空き家に逃げ込んでいる可能性もあります。とにかく全力で追っていますが、確保するまでは、外出は控えて、家の戸締りだけはしっかりとお願いします」

長身の警察官が、捜査状況まで教えてくれる。

「わかりました。気をつけます」

「何かありましたら、必ず警察に一報ください。では、失礼いたします」

二人は敬礼をして出ていく。

隆一郎は戸締りをして、リビングに戻った。

やはり、緊張をしていたのだろう。どっと力が抜けて、ひとり用のソファに座り込んだ。

「できるじゃないか。褒めてやるよ」

包丁を持った山沖が近づいてきて、

「悪いな。信用していないわけじゃないが……」

隆一郎の腕を背中でひとつに粘着テープでくくる。

それから、カーテンを薄く開け、外を見て、

「懐中電灯の数がすごいな。山のほうも……こんな夜更けに山狩りとはご苦労さまなことだな」

言って、カーテンを閉め、三人用ソファにどっかりと腰をおろした。

その隣には、全裸の奈央が横座りしている。後ろ手にくくられて、穢《けが》された裸身に

毛布をかけられ、膝を閉じている。

山沖はリモコンでテレビを点け、地元局のニュースを見はじめた。やはり、情報を多く得たいのだろう。

ニュースでは、山沖は窃盗で五年の実刑を受け、あと二年で出所というところで造船作業所に送られた。そこは塀のない刑務所として有名で、初犯でしかも模範囚しか入所できず、社会復帰率が高く、再犯率も少ない。

いわば、受刑者のエリートだけが入ることのできる作業所で、塀がないにもかかわらず、脱獄した例は極めて少ない——のだと、解説者が言っている。

疑問に思って、隆一郎は訊いてみた。

「あと二年で出所できる模範囚がなぜ、逃げたんだね？」

「……刑務官に目をつけられてね。ひどい目にあったよ。イジメだな。それだけなら、耐えられないことはなかった。しかし、ある事情があってね……」

山沖が遠くを見るような目をした。

「……オフクロが広島で入院している。手術をすれば助かるんだが……それが、ひどく費用のかかる手術でね。オフクロはもう七十過ぎで、金がないんだよ。これは何があっても、人には言うなよ……じつは、貯めた金をあるところに隠してある。その金をどうにかして渡せば、オフクロは手術を受けられる。だから、俺はここに長く留まるつもりはない。機会を見て、本州に渡り、金をオフクロに渡す。それができたら、捕まってもいい。まあ、捕まるつもりはないがね」

「……その母親の話はウソじゃないだろうね？」

「事実だ。だから、あんたらには協力してもらわないと困るんだよ……いずれにしろ、警戒がゆるむまでは外には出られない。朝まで休もうか……その前にシャワーを使わせてもらうぞ。あんたも来な。俺の精液を洗い流してやる」

山沖は奈央をせかして、バスルームに向かった。

2

隆一郎と奈央は、二階の奈央の寝室でベッドに横たわっていた。

両手を体の前でテープでひとつにくくられ、逃げることができないようにと、いっさいの服、下着さえもつけることを許されていなかった。

ケータイやパソコンなどの外部への連絡可能なものはすべて没収されていた。

部屋は外側から鍵をかけられていて、外に出ることはできない。

山沖は、二階の反対側にある隆一郎の部屋で眠っている。

こんな状況でぐっすりと眠れるわけはないのだから、きっと浅い眠りのなかにいるだろう。

隆一郎はまったく眠れなかった。

不幸中の幸いで、奈央は自分の部屋にいる。もしかしたら、山沖が奈央を自分の部屋に連れていくのではないか、という危惧を抱いていただけに、ある意味ホッとしている。

普通なら、人質としてガンジガラメにしておくだろう。だが、多少は動けるように両手を前でくくり、足は自由にして、眠りやすいようにしてくれている。

やはり、山沖は根っからの悪人ではないのだろう。

母親の手術費用を払うために、脱獄したというのが事実だとしたら、これはむしろ『美談』である。

しかし——。

あいつは何だかんだ言って、奈央を犯したのだ。

いい人間が、侵入した家の女を犯すはずがない。やはり、あいつは鬼畜なのだ。善人の仮面をかぶった悪魔なのだ。

隆一郎はすぐ隣で横臥し、目を閉じている奈央の顔を見つめる。

かるくウエーブした髪はシャンプーの匂いがする。さっき、山沖がシャワーで全身を隈《くま》なく洗ってくれたのだという。

濡れた髪の毛も、ドライヤーで乾かしてくれたらしい。

いい気持ちはしなかった。

奈央が穢された身体をきれいにするのはいい。しかし、それを、山沖がやったのが気に食わない。山沖は隆一郎がシャワーを浴びることさえ許してくれない。

なのに、奈央に対してはやさしい。

おそらく、一度身体を合わせたからだろうが、こういう囚《とら》われの身でありながら、犯人にやさしくされると、女は恋心に似た感情を抱いてしまうのではないか？

確か、『ストックホルム症候群』という現象だ。それは囚われの身になった女と、犯人の間に起こる錯覚的愛情関係なのだが、それが奈央と山沖の間にも起こるのではないか、と心配でならない。

(奈央さん、山沖相手に感じていたな……Ｍっ気を引き出されている感じだった。俺がするより、明らかに感じていた)

できれば思い出したくない。しかし、あのシーンがどうしても脳裏に浮かんでしま

い、

（ダメだ。考えるな）

そう自分を叱って、目を瞑る。

だが、どうしても奈央が気になって、自然に目を開いてしまう。

奈央は粘着テープでひとつにくくられた手を手枕にするようにして、横臥している。

一糸まとわぬ姿をくの字にして、目を閉じている。

（ますます色っぽくなった。そそられる……）

さっき山沖に犯されたというのに、穢された感じはまったくない。

シャワーを浴びたせいか肌艶《はだつや》もよく、美しい乳房も淡い乳首の色もすべてが官能的であり、これまで見たことのない満ち足りた表情をしている。

（……山沖のせいか？　あいつに満足させてもらったのか？　いや、違うだろ）

ふたたび忸怩《じくじ》たる思いが込みあげてきて、隆一郎は仰向けになり、目を瞑る。

すると、また、山沖の下で昇りつめていった奈央の映像が頭に浮かび、それをあわてて打ち消す。

眠れない。まったく、眠れる気配がない。

ベッドで輾転していると、隣で奈央が上体を起こした。

「……どうした？」

「……我慢できません」

「えっ、何が？」

「……お、お小水……」

消え入りたげに言って、奈央がベッドを降りる。

山沖には「洗面器を置いておくから、ここで小用は足せ」と言われている。だから、そんなことで一々自分を起こすなとも。

「我慢できないのか？」

「はい……」

奈央が床に立ちあがって、へっぴり腰になっている。

「待ってろ」

隆一郎はベッドを降りて、用意してあった大きめのプラスチックの洗面器を床に置く。

「ここでしなさい。大丈夫。見ないから」

そう言って、隆一郎は反対を向く。

「でも、音が……」

「聞かないようにするよ。大丈夫だ。私たちは家族じゃないか。恥ずかしがることはない。いずれ、私も奈央さんの前でオシッコをすることになるんだから」

だが、奈央は迷っている。よほど尿意が切迫しているのだろう、腰をもじもじさせて、太腿を擦りあわせている。それでも、逡巡している。

さっき山沖とのセックスを隆一郎には見られている。だが、ある意味ではセックスよりも排尿のほうが恥ずかしいのかもしれない。

しかし、ついに尿意が羞恥心に勝ったのだろう、奈央が言った。

「絶対に見ないでくださいね」

「ああ、わかってるよ」

「匂うと思いますが、鼻もふさいでいてくださいね」

「わかった。大丈夫だから」

しばらくして、奈央が洗面器をまたぐ気配がした。

見ると、隆一郎の斜め前に等身大のミラーを立てかけてあって、そこに、奈央がしゃがんでいる姿が映っているではないか。

(こんな卑劣な盗み見はダメだ。男らしくない……)

そうは思うものの、どうしても目が離せない。

鏡の下のほうで、奈央は恥ずかしそうにうつむいていて、その股を開いた姿をほぼ正面から見ることができる。

かなり尿意はせまっているはずだが、やはり、人がいるところではなかなか出ないのだろう。

しばらくはじっとしていたが、やがて、ぶるぶるっと震えて、

チュ、チュルル……。

小水が放たれる音が聞こえ、それが洗面器にぶつかる音に変わり、やがて、それが水溜まりを打つ、

ポチャ、ポチャ……。

という水音に変わった。

仄かな匂いがひろがってきた。ひろげた太腿の奥から透明な液体が放たれて、洗面器を打つのが、鏡に映っている。

そのとき、奈央が顔をあげた。

鏡に自分が映っているのに気づいたのだろう。つづけて、鏡のなかで隆一郎と目が合った。

悲しげな目がハッと見開かれて、事態を察したのだろう、

「いやっ……見ないで！」

鏡のなかの隆一郎に向かって、訴える。

隆一郎はくるりと体の向きを変える。

きっと奈央は怒っているだろう。羞恥の極限だろう。小水を止めたいだろう。

だが、いったん出はじめた小水は途中では止まらない。

よほど我慢していたのだろう。むしろ、勢いが増してきた。

シャー、ポチョポチョ……。

音も大きくなり、

「いや、いや、いや……」

奈央の声が聞こえる。

(奈央さんにとってこの時間はどうなのだろう？　羞恥の極限であることは確かだが……)

隆一郎は自分が昂奮しているのがわかる。その証拠に、股間のものが一気に頭を擡《もた》げてきた。

やがて、排尿音もそれが水溜まりを打つ音も次第に小さくなり、間が開いてきて、ついには止まった。

奈央は立ちあがり、小水の溜まった洗面器をどこかに持っていこうとする。しかし、適当な場所はない。

「私がするよ」

隆一郎が近づいていくと、

「やっ……見ないでください」

奈央がひとつにくくられた手で洗面器を隠そうとする。

「大丈夫。ほら、これで隠せばいい」

隆一郎は棚に立てかけてあった大判の旅行雑誌を苦労して抜き出して、それを洗面器の上に置く。

一瞬見えた水溜まりは少し黄色がかっており、甘いがアンモニアに似た臭気が鼻を突いたが、雑誌で蓋《ふた》をすると、匂いも徐々に消えていった。

「す、すみません。ありがとうございます」

「いいんだよ。あいつがいけないんだ。トイレにも行かせてくれないとは……」

そう会話をしながら、隆一郎は二人の間に何かよそよそしい雰囲気がただよっているのを感じていた。

（これもやはり、あの男のせいだ。あいつが奈央を犯したから、二人はどこかぎこち

なくなってしまった)

そのとき、奈央が前でくくられた手を伸ばして、ティッシュボックスからティッシュを抜き出して、残尿を拭こうとする。

「待ちなさい!」

「えっ……?」

奈央がこちらを見た。

「私が拭いてあげるから」

「えっ……?」

「私に拭かせてくれ」

「それはダメです。お義父《とう》さまにそんなことはさせられません」

「いいから。ベッドにあがりなさい」

奈央をベッドにあげ、隆一郎はごろんと仰向けになった。奈央に顔をまたぐように言う。

「えっ……?」

「いいから、またぎなさい。早く!」

強く言うと、奈央が隆一郎の顔面をまたいだ。しゃがむように言うと、奈央がおずおずと膝を曲げて、腰を沈ませる。

きれいにI字に剃られた翳りの下で、女の肉花がぴったりと口を閉じていた。深くしゃがむにつれて割れ目がひろがって、尿道口のあたりにきらきらと光る粒が付着しているのが見える。

「ああ、お義父さま。もしかして……？」

「そうだよ。奈央さんが思っているとおりだ。舐めるよ。舌でオシッコの残りをきれいにしてあげるから」

そう言って、隆一郎は顔を寄せる。

「あっ……いけません」

奈央の逃げようとする下腹部を追って、あらわになった陰部の上のほうを舐める。

馥郁《ふくいく》たる臭気のなかで、小水の残滓《ざんし》をすくいとると、

「あっ……！」

ビクッと奈央が腰を震わせた。

「美味しいよ」

恥ずかしいことを口走っていた。

「いやっ、汚いわ……いけません、こんなことをなさっては……ぁあんっ！」

隆一郎が今度は貪りつくと、奈央がまた声をあげて、腰をひくつかせた。

隆一郎はひとつにくくられた腕を頭上にあげたまま、無我夢中で女の肉花を舐めしゃぶる。

山沖に穢された箇所だ。しかし、一度きれいにシャワーで洗い清められているはずだから、どうということはない。

「お、お義父さま……ダメです。こんなこと……ダメです。ぁあああ……ダメ、ダメ、ダメ……」

「あいつに穢されたところを、清めたいんだ。清めさせてくれ」

そう言って、隆一郎は開きつつある雌花を上へ下へと大きく舌を走らせる。

自分が随分と破廉恥《はれんち》なことをしているという自覚はある。これまで、女の小水の残りを舐めるなどしたことがない。

やはり、これも『ストックホルム症候群』の変形なのだろうか？　しかし、強い欲望が隆一郎を突き動かしていた。

ひくひくしている尿道口のあたりを丁寧に清めるにつれて、愛蜜がじゅくじゅくとあふれだして、口許を濡らした。

そして、奈央は「いけません」と首を左右に振り、ひとつに縛られた両手を前に突

いて、

「ああうぅぅ……」

と、女の声を洩らしている。

隆一郎は上方の肉芽にしゃぶりついて、チューチューと吸う。すると、奈央はいっそう激しく反応して、

「あっ……あっ……！」

がくん、がくんと腰を痙攣させた。

感じてしまっているのだ。あれほど犯されたのに、奈央は性感を昂《たかぶ》らせている。

頭が痺れるような昂奮のなかで、隆一郎は肉芽を吐き出して、舌をすべらせていく。

膣口めがけて丸めた舌を押しつけた。

「ぁあああ、お義父さま……ダメっ……そんな……あっ、あっ、あうぅぅ」

ぬかるみに舌を出し入れすると、奈央は喘ぎながら腰を振って、濡れ溝をもっととばかりに擦りつけてくる。

隆一郎は太腿をつかんで引き寄せ、口中でぬかるみを吸い、しゃぶった。

「うぁああ……ぁああ、ゴメンなさい」

謝りながら、奈央は腰を振って、狭間をなすりつけてくる。

まるで、身体をコントロールする制御機能が壊れてしまっているかのように、腰を打ち振る。

おそらく、山沖のレイプまがいの性交で、奈央の体奥に潜む被虐の願望がベールを脱ぎ捨ててしまったのだろう。

「奈央さん、あれが勃《た》ってきた。ど、どうにかしてくれないか？」

おずおずと言う。

奈央はちらりと後ろを向いて、肉柱が茂みからいきりたっているのを見る。そして、隆一郎を見おろして言った。

「さっき、お義父さまはわたしが山沖にされているのを見て、昂奮なさっていたわ。どうしてですか？」

「……それは……」

「わたしが他の男にやられるのを見て、昂奮なさるんですね」

「自分でもわからないんだ。すごく嫉妬をした。奈央さんが感じているのを見て、胸が張り裂けそうだった。しかし……ここはエレクトしていた。勝手に勃ったんだ。どうしようもなかった。申し訳ない」

「……いいんです」

「許してくれるか？」

「……さあ、それは……でも、仕方ないです。それがお義父さまのサガなのだとしたら……」

そう言って、奈央は立ちあがった。それから、こちらに尻を向けて覆いかぶさってきた。

シックスナインの形である。

奈央はひとつにくくられた手指でいきりたちを両側から包み込むようにして、ゆったりとすべらせた。ふと心配になって、訊いた。

「大丈夫か？　疲れていないか？」

「それが、身体はなぜか疲れていないんです。今も、お腹のなかで何かがくすぶっていて……。それより、お義父さまのほうこそ大丈夫ですか？　ゼンソクのほう？」

「ああ、それが不思議に平気なんだ」

「そうですか……よかったわ」

心から安心したように言って、奈央は手指を肉茎から離し、その手を前に投げ出すようにして、肉柱を頬張ってきた。

ぐっと一気に奥まで咥え込んで、そこから、静かに引きあげていく。

相変わらずふっくらとして柔らかな唇だ。それが表面をすべっていくだけで、ジーンとした痺れにも似た陶酔感が込みあげてくる。

ゆったりしたピストンを繰り返されると、分身にさらに力が漲ってきた。

(人は生死に関わる極限状態にいると、性欲が増すと聞いたことがある。死ぬ前に子孫を残しておきたいという本能らしいが、自分にもその状態が訪れているのかもしれない)

奈央の開かれた太腿がなす台形の窓から、奈央が肉棹を頬張っているのが見える。手を向こうに放りだすようにして、顔を上げ下げしている。

ひろがって肉棹にまとわりつく唇が上下にゆっくりと、時には速く動いて、そのこちら側には下を向いた美しい三角の乳房と突起が見え、それも揺れている。

「おおぅ、気持ちいいぞ。気持ちいい……くぅぅ」

奈央も感じさせたくなって、ままならない手指をつかって、肉びらをなぞった。

あんなに山沖に犯されたのにかかわらず、そこはぷっくりとして美しい姿を見せ、蜜を一面に塗りたくったように妖しく濡れている。

さするにつれて、陰唇がまくれあがっていき、内部の鮮やかなコーラルピンクが顔をのぞかせる。展翅《てんし》された蝶々のようにひろかった陰唇の狭間を、顔を寄せて舐めた。

ぬるっと舌がぬめりをすべっていき、

「んんっ……！」

奈央が頰張ったまま、呻いた。

隆一郎が陰核を指先で捏ねながら、膣口を舌でうがつと、奈央の呻き声がさしせまってきた。

呻きながらも、快感をぶつけるように情熱的に肉棹に頰張っていたが、ついには吐き出して、

「ぁああ、ああ……ぁああ、わたし、おかしくなってる。身体がおかしいんです」

腰を切なげにくねらせる。大きな尻が揺れて、狭間の赤い粘膜がネチッ、ネチッと音を立てる。

「どうした？　入れてほしいのか？」

奈央はうなずいて言った。

「……へんですよね。さっきあんなにされたのに……へんですよね」

「へんじゃないさ。私も奈央さんとしたいよ。すごくしたい。私もへんになってるんだよ……悪いが、あなたのほうで入れてくれないか？」

隆一郎は言う。いまだにゼンソクの怖さは残っていて、上になって自分で動くのが

怖かった。

奈央はゆっくりと顔をあげ、蹲踞《そんきょ》の姿勢になった。

後ろ向きである。くびれたウエストから急峻な角度で盛りあがったヒップが、艶《なまめ》かしい光沢を放っている。

奈央が手指で肉棹をつかみ、太腿の間に導きながら、ゆっくりと沈み込んできた。いきりたつものが温かいというより熱いほどの肉路をうがっていき、

「くっ……ああっ」

奈央は腰を落としきって、くぐもった声をあげた。

「ツーッ……」

と、隆一郎も奥歯を食いしばっていた。

山沖が現れる前にしたとき以上に、素晴らしい緊縮力で肉襞がうごめきながら、硬直にまとわりついてくる。

(どうなっているんだ？)

まったりとした吸いつき感も、波打つような締めつけもさらに増している。

男は何度もすれば、必然的に勃ちも悪くなるし、疲労が来る。だが、奈央はまったく違う。

（女はみんなこうなのだろうか？　やればやるほど具合が良くなるのだろうか？）

その間にも、奈央がもう待ちきれないとでも言うように腰をつかいはじめた。

やや前屈みになって、腰を突きだし、前に引く。

その腰づかいが卑猥すぎた。

丸々とした充実した白い尻がぐっとこちらに向かって突きだされ、双臀の間のアヌスまでもがあらわになる。それから、ぎゅうと尻たぶを引き絞るように前に出す。

そのたびに、肉棹が粘膜をうがち、同時に、ぎゅうっと粘膜に締めつけられる。

「あっ……ぁあああ……あっ、あうぅぅ」

豊かな尻がくなり、くなりといやらしく揺れて、アヌスが見え隠れし、肉棹も膣口に呑み込まれたり、出てきたりする。

奈央の腰がくびれているから、いっそう尻が立派に見える。

「おおぅ、奈央……気持ちいいぞ。おおぅ……」

思わず唸ると、奈央が前に上体を倒した。

（な、何をしているんだ？）

奈央は前屈みになって、隆一郎の向こう脛を舐めあげていく。そのまま、足の甲から親指にまで舌を走らせ、そこで親指を頬張った。

まるでフェラチオするように顔を小刻みに振って、隆一郎の親指に唇をすべらせ、それから吸った。

吸いながら、唇をすべらせる。

ちゅっぱっと吐き出して、また親指を舐める。足毛の生えた親指に丁寧に舌を這わせながら、身体をくねらせる。

と、下を向いた乳房が膝のあたりに触れて、その柔らかな肉感を如実に感じる。しかも、腰を揺らしているので、体内に嵌まり込んだ肉棹が揉み込まれている。

「ああ、奈央さん……気持ちいいよ。おおぅ、天国だ」

気持ちをぶつけると、奈央は反対側の足の親指をしゃぶってきた。

そうしながら、腰を微妙に揺するので、隆一郎の昂奮はマックスに達する。

山沖にサディスティックに攻められながらも昇りつめた奈央。

そして今も、脱走犯と同じ屋根の下で、ここまでして奉仕をしてくれている。

(この人は、すごい……)

奈央という女の持つ、懐《ふところ》の深い貪欲さに思いを馳せていると、奈央が上体を起こした。

そして、腰を前後に打ち振って、濡れ溝を擦りつけてくる。

「ぁああ……お義父さま、こんな奈央を軽蔑なさらないでね。自分から腰を振る淫らな女だと、軽蔑なさらないでくださいね」

奈央が後ろ向きのまま言う。

「バカな……軽蔑なんかするわけがないだろ？　あんた以上の女はいないよ。おおぅ、気持ちがいい。奈央さんのあそこが締めつけてくる。おおぅ、たまらんよ」

「ああ、よかったわ……わたし、さっきのを見られているから、きっと淫らな女だと軽蔑なさっていらっしゃると……」

「そんなことは微塵も思っていないよ。あれはしょうがなかったんだ。あいつが出ていけば、二人はまた元に戻れる。少しの我慢だ」

「ぁああ、お義父さま……」

「ちょっと腰を浮かせていてくれ」

言うと、奈央が結合したまま尻を少し浮かせた。

「行くぞ。そうら……」

隆一郎は力強く腰を叩きつけた。上を向いた屹立が激しく肉路をうがち、

「ぁああ……あん、あんっ、あんっ……いいわ。お義父さま、いいわ。メチャクチャにして。いけない奈央をメチャクチャにして！」

「おおぅ、奈央さん、メチャクチャにしてやる。そうら、どうだ！」

隆一郎は残っている力をすべて動員して、腰を激しく撥ねあげた。屹立が奈央に突き刺さり、女の祠《ほこら》をうがっていく。

「あん、あん、あんっ……ぁああ、もうイク……お義父さま、恥ずかしい。わたし、もう、イッちゃう！」

隆一郎は息を詰めて、スパートした。遮二無二《しゃにむに》突きあげていたとき、異変を感じた。胸のなかで何かがざわめき、それが、急速にふくれあがってくる。

（ああ、ダメだ。来る！）

隆一郎は動きを止めた。だが、間に合わなかった。

「ゲホッ、ゲホホホ……！」

激しく咳込んで、隆一郎は胸を押さえて横に倒れ込んだ。

3

「お義父さま、お義父さま……」

奈央は背中を撫でてくれていたが、やがて、おさまらないと思ったのか、ベッドを降りて、ドアを強く叩いた。

「山沖さん、すみません。お義父さまが、お義父さまが発作を。開けてください。ここを開けてください……開けて！　死んじゃう！」

奈央はドンドンとドアを叩く。

しばらくすると、足音が近づいてきて、ドアが開いた。

「どうした？」

山沖が怪訝な顔で立っている。

「お義父さまが発作を。ゼンソクなんです。吸入器を」

「はあ？　そういうことは早く言えよ。吸入器はどこにあるんだ？」

「お義父さまの部屋に」

「持ってこい！」

奈央が廊下を走っていく音がして、山沖がやってきた。

「あんた、ゼンソク持ちだったのか？　そういうことは言ってくれよ」

山沖は手を縛った粘着テープを剝がし、背中を撫でてくれる。

ゲホゲホと咳き込んでいると、奈央が戻ってきた。

そして、吸入器を渡してくれる。

隆一郎は深呼吸し、息を吐ききって、吸入器を口に当てて思い切り吸い込んだ。細かい粉薬が吸い込まれ、それが気管支へと降りていくのがわかる。

一度では効かず、もう一度吸い込んだ。

それでようやく、発作が徐々におさまっていき、じきに、咳がやんだ。

山沖が怒ったように言った。

「ゼンソク持ちだと早く言ってほしかったな。そうすりゃ、吸入器をここにも置いておけた。そうだろ？」

「すみません」

奈央が謝った。

「しかし、こんなときに発作かよ……また縛るからな」

山沖は隆一郎の腕を前に出させて、粘着テープでぐるぐる巻きにしていたが、

「うん？」

視線を隆一郎の股間に落とした。

「半勃ちしてるな。それに……どろどろじゃないか。お前ら……」

山沖は奈央に近づいていき、正面から抱き寄せながら、太腿の奥をまさぐった。

「ぬるぬるじゃないか……そうか、お前らやってたな。オマンコしてただろ？　それ

で、頑張りすぎて発作が起こったんだな。そうだな？　訊いているんだよ！」

山沖が奈央の顎をつかんで、顔をのけぞらせた。

奈央は無言のまま、じっと山沖を見ている。

「答えろよ！」

奈央にまた危害が及びそうだった。それをふせぎたくて、

「……そうだ」

隆一郎は答える。

「まいったな。脱獄囚がいるのに、オマンコするか？　しかも、父と娘で。お前ら、ほんと犬畜生だな」

山沖が二人を侮蔑的な目で見た。

「いや、私がいけないんだ。私が無理やり……」

「手を縛られてて、無理やりはできないだろうが？　女の合意がなくちゃ、できないだろうが？　そうか……奈央、お前が誘ったんだな。奈央はインランのMだからな。こんな美人なのに……」

山沖が顎をつかんでぐいと押しあげ、じっと奈央を見た。

それから、隆一郎を見て言った。

「あんたは自分の部屋に行け」

「えっ……？」

「俺がいた部屋だ。なぜかわかるか？　お前らを二人にしておくと、また、畜生道に落ちるからな。来い！」

山沖は隆一郎を引き立てて、廊下を歩き、隆一郎の部屋のドアを開けた。そして、そこに隆一郎を押し込み、

「これがあれば、自分で治療もできるだろう」

吸入器をベッドに置いた。

「鍵はかけておくから、逃げようとしても無駄だからな」

「待ってくれ」

部屋を出ようとする山沖に声をかけた。

「何だ？」

「奈央さんに手を出さないでくれ。お願いだ」

「心配するな。俺は肉布団に包まれて眠りたいだけだよ……明日のためにしっかりと寝ておくんだぞ。あんたは俺を護らなくちゃいけないんだからな……ちょっと待ってよ。冷えて、また発作が起きると面倒だからな」

山沖はいったん手の粘着テープを剝がして、隆一郎にガウンを着させた。それからまた両手を前に出させて、粘着テープでぐるぐる巻きにした。

先ほどの発作で身体が弱っていて、隆一郎は抵抗する気も起きず、なすがままだった。

「これでいいだろう？　やさしいだろ、俺は。感謝しろよ」

そう言って、山沖が出ていく。すぐに、外側から鍵をかける音がした。

隆一郎は前でひとつにくくられた手指でノブをつかんで開けようとしたが、ノブはまわらなかった。

ベッドに腰をかける。

とても横になる気にはなれない。

山沖が奈央の顎をつかんで、見ていたときのあの目——。

おそらく、奈央を抱くつもりだ。一休みして、また性欲が頭を擡げてきたに違いないのだ。男に抱かれてあそこを濡らしている女を前にしたら、どうにかしてやろうと思うのが普通だろう。

（今頃、あいつは奈央を……！）

部屋は離れていて、まったく様子がわからない。そのことが、かえって隆一郎の苛立ちと妄想をかきたてる。

(しかし、俺はさっきもゼンソクの発作に見舞われた。少し頑張ると、発作が起きてしまう。結局、そういう欠陥品なんだ。何が起こっても、見て見ぬフリをしているしかないのだ)

諦めの境地になって、ベッドにごろんと横になった。すると、あの男の体臭が匂った。山沖の体には重油のような脂《あぶら》っこい体臭がある。その匂いがベッドにこびりついていた。

(くそっ……!)

諦めかけていた気持ちに、また火が点いた。

ガバッと体を起こす。

ベッドから降りて、部屋のなかをぐるぐるとまわった。

(クソッ、この手さえ解ければ何とかなるのだが……)

両手を顔まで持っていき、歯で粘着テープを剝がそうと試みたが、がっちり巻かれていて、どうすることもできない。

(今頃、奈央はあいつに……)

苛立ちだけが募っていく。

掃きだし式のサッシにはカーテンがかかっている。だが、待てよ……。

思いついて、カーテンを開け、サッシの合わさっているところの鍵を見た。

(そうか……これを開ければ、ベランダには出られる)

まわしてかける式の鍵を苦労してまわして外した。

ひとつにくくられた両手でサッシに手をかけて思い切り引いた。すると、サッシが開いて、外気が入ってきた。

ベランダに出ると、曇っているのだろう。夜空にはいくつかの星がわずかに見えるだけで、月も雲に隠れている。

もうこの時間には、捜査員も休んでいるのか、さっきはあれほど見えた懐中電灯の明かりが今はない。

(どうする?)

一階に降りられれば、警察に通報できるかもしれない。しかし、どうやって降りろと言うのだ?

ふと横を見ると、ベランダの反対側に薄い明かりが漏れていた。

奈央の部屋である。

明かりが漏れているということは、あそこからなかを覗けるということだ。

体が勝手に動いていた。

（これでは、この前、奈央のオナニーを覗き見したときと同じじゃないか）

多少の自己嫌悪を抱きつつも、足音を忍ばせて、ベランダを歩いていく。奈央の部屋の前で立ち止まる。

明かりが射している数センチの隙間から、そっとなかを覗くと――。

ベッドに腰かけた奈央の肩に手をかけて、山沖がさかんに何か話しかけている。

奈央は全裸だが、手の縛めを解かれていた。

二人でいるときは、拘束など必要ないと判断しているのだ。

奈央がうなずいて、ベッドを降り、山沖の前にしゃがんだ。

ベルトをゆるめ、作業ズボンをおろし、足先から抜き取った。

黒いブリーフの股間が大きくふくらんでいるのが見えた。

何か言われて、奈央はちらっと山沖を見あげ、それから、ブリーフのふくらみを撫であげながら、テントを張っているところに頬擦りした。

まるで愛おしい男のイチモツにするように、やさしく頬を擦りつける。

さらに、いっぱいに出した舌で睾丸から本体にかけてなぞりあげながら、じっと山沖を見あげる。

隆一郎には、鼻先がツンとしたととのった横顔が見える。

(ああ、何てことをするんだ。奈央、やめろ！)

隆一郎は地団駄を踏みたくなる。

奈央はまさかこれを隆一郎に見られているとは思っていない。二人きりだからこそ、本当の気持ちがわかるのではないだろうか？

奈央はブリーフ越しに睾丸袋を揉み、テントを張っているその突起に舌を這わせながら、山沖を見あげている。

その目の表情まではわからない。しかし、奈央が決していやいやしているのではないことはわかる。

山沖が何か言って、奈央の頭を撫でた。すると、奈央がにっこりしたのには驚いた。

(何だ、今の笑みは？)

奈央がブリーフに手をかけて引きおろし、足先から抜き取った。

ベッドのエッジに腰かけている山沖の下腹部から、長大なものがそそりたっているのが見えて、隆一郎は顔をそむける。

しばらくして視線を戻すと、奈央がそれを頬張っていた。

長大なものを唇をいっぱいに開いて咥え、ゆったりと顔を打ち振っている。

と、山沖は垂れかかっている奈央の髪の毛をかきあげて、何か言い、奈央が顔をあげて微笑んだ。

隆一郎はショックに打ちのめされていた。

今の笑顔はやむにやまれぬ演技だろうか？　いずれにしても、奈央が自分にこんな満ち足りた顔を見せてくれたことはない。

奈央が肉棹を吐き出して、いきりたつ肉柱の裏側を根元のほうから舐めてあげていく。幾度も舌を走らせ、身体を沈めて、さらに奥のほうに顔を寄せた。

隆一郎もやってもらったから、わかる。

奈央は睾丸袋を舐めているのだ。しかも、その間、イチモツを握りしめて、きゅっ、きゅっとしごいている。

(ああ、奈央……そんなことまで！)

自分がされるのなら、大感激する。しかし、今奈央が相手にしているのは、刑務所から逃げてきた窃盗犯なのだ。しかも、まだ逢って半日も経っていない相手なのだ。これも、ストックホルム症候群だろうか？

奈央は肉柱の裏筋をまた舐めあげていき、今度は亀頭冠の真裏にキスをする。ちゅ、ちゅっとキスをしてから、そこを集中的に舌であやす。

そんな奈央を、山沖は何か愛おしいものでも見るような目で眺めている。

歯軋《はぎし》りしたくなるような、身を焼かれるような嫉妬が込みあげてきた。

奈央がまた肉棹を上から頬張り、ゆったりと顔を振る。そうしながら、根元を握った指で忙しくしごいている。

気持ち良さそうに天井を見ていた山沖が、奈央を見て、その後頭部をつかんだ。ぐいと引き寄せる。

「うぐ……！」

奈央の低いが凄絶な呻き声が、ガラスを通して耳に忍び込んできた。

（おい、コラッ、やめろ！）

隆一郎はガラスを叩きたくなるのをぐっとこらえた。

山沖は苦しそうに身悶えをしている奈央を、喜々とした顔で見ている。

そして、なおも自分から腰をせりだして、肉棹を口腔深く押し込んでいる。

「ぐぐっ……！」

奈央が呻いてジタバタし、飛び跳ねるようにして横に倒れて、えずきながら激しく噎せている。

山沖が何か言って、床のカーペットに奈央を押し倒して、仰向けにさせた。

両手を万歳の形に押さえつけて、顔を寄せていく。

唇を奪い、ジタバタする奈央を両手で押さえつけている。やがて、奈央の抗《あらが》いがやんで、されるがままになった。

すると、山沖はそんな奈央を抱きしめて、なおも唇を奪う。

と、そのとき、奈央の手がおずおずと動き、山沖の逞しい背中を抱きしめるのが見えた。

(………!)

隆一郎は脳天を大きなハンマーで殴りつけられたようだ。

奈央が自分の意思で、山沖を抱きしめたのだ。しかも、あんなひどいイラマチオをされたばかりだというのに。

(やっぱり、奈央はMなのだ。乱暴に扱われ、その後、一転して飴《あめ》を与えられると、相手に愛情のようなものを感じてしまうのだ)

山沖がキスを終えて、乳房にしゃぶりついた。

美しい乳房の頂上に吸いつかれて、

「ぁあああ……!」

と、奈央が顔をのけぞらせる。

さらに、山沖に乳首をいじられ、舐め転がされて、

「んっ、んっ……ぁあうぅぅ」

奈央は右手の人差し指を曲げて、その背を噛み、声を押し殺している。

（ああ、これは、奈央が心底から感じているときの仕種《しぐさ》だ）

山沖の体がさがっていき、奈央の足を押しあげて、翳りの底に顔を埋めた。

「くっ……！」

奈央がのけぞりかえるのが、隆一郎にもはっきりと見えた。

山沖はすらりとした足を押しあげ、そこに顔を埋めて、さかんに舌をつかっている。

そして、奈央は「ぁああ、ぁああうぅ」と人差し指を噛み、悩ましい顔を見せる。

ちょうどこちらを向いているので、隆一郎には奈央の表情が手に取るようにわかる。

眉根を寄せて、ツンとした鼻先をのけぞらせ、

「ぁあああ……！」

痛切な喘ぎを洩らし、顔を左右に振る。それから、顎をこれ以上は無理というところまで突きあげる。

（ああ、奈央……！）

さっきまでは、奈央が感じる様子を見て、あそこをエレクトさせていた。だが、今

は逆に萎縮してしまっている。

(動物が尻尾《しっぽ》を巻いて逃げだすように、俺も負けを覚悟したんだろうか？)

わからない。だが、今は昂奮というより、打ちのめされた感が強い。

山沖が顔をあげて、奈央の膝をすくいあげ、猛りたつものを押し当てた。次の瞬間、凶悪な顔をした肉の筒が体内に姿を消して、

「ぁあああああ……！」

奈央が嬌声《きょうせい》とともに、床のカーペットを掻《か》きむしった。

山沖は膝裏をつかんで、奈央の足を押し開きながら、激しく打ち込みはじめた。

「あん、あんっ、ぁあん……」

(おおぅ、奈央……！)

奈央がまた人差し指を口に添えて、喘ぎをスタッカートさせる。

隆一郎は嫉妬に狂っているのか、それとも自分が昂奮しているのかよくわからなくなっていた。

つらい。苦しい。頭がおかしくなりそうだ。だったら、見なければいいのに、どうしても視線を外すことができない。

隆一郎はもっと見ようと、窓ガラスにしがみついた。

そのとき、何か気配でもしたのか、山沖がふいにこちらを向いた。

「あっ……！」

とっさに顔を引っ込めた。見つかったろうか？ 目と目が合ったような気がする。

どうにかしなければと思うのだが、身がすくんで、動けない。

必死に立ち去ろうとしたとき、ザーッとカーテンが開いた。

見ると、奈央がサッシにつかまるようにして、立ったまま後ろから嵌められていた。

そして、色白の裸身の後ろから、山沖が顔を出して、隆一郎を見ている。

やはり、見つかったのだ。そして、山沖は覗き見していたことは咎めずに、逆に見せつけることで隆一郎を苦しめようとしているのだ。

「逃げるなよ。そこで、見ていろ。逃げたら、殺すぞ！」

山沖の怒鳴り声が、ガラスを通して隆一郎の耳に届いた。

隆一郎は腰が抜けたようになって、後ろにひっくり返っている。

そして、山沖は二人のセックスを、そして、いかに奈央が感じているかを見せつけでもするように、奈央を後ろから犯しながら、こちらを見ている。

「くっ……くっ……くっ……」

奈央は顔をそむけて、必死に声を押し殺している。隆一郎のことは見えているはずだ。だが、とても目を合わせられないのだろう。

隆一郎は腰が抜けたようになって動けない。

目の前のガラスを通して、奈央の悩ましい裸身がまともに見える。その色白で均整のとれた裸身が、後ろから打ち込まれるたびにがくん、がくんと揺れる。二つの乳房がぶるん、ぶるるんと縦に揺れている。

そして、奈央はぎゅっと目を閉じて、必死に喘ぎを押し殺している。

山沖の手が乳房に伸びた。

美しい乳房を鷲づかみにして、揉みしだき、そして、乳首を転がした。

明らかに尖っている赤くなった乳首をいじり、つまみ、ねじりながら、後ろからこれ見よがしに腰を叩きつける。

しばらくは耐えていた奈央の気配が変わった。

うつむいていた顔が徐々にあがり、ついには顔をのけぞらせて、

「あっ……あっ……」

女の声をあげて、それを恥じるように唇を噛みしめる。

それでも、また山沖が乳首をいじり、乳房を荒々しく揉むと、

「ぁああ、許して……許してください……ぁああ、ゴメンなさい。お義父さま、ゴメ

ンなさい……あっ、あっ、ぁあぁあぁぁぁ」

隆一郎に謝りながらも、こらえきれない声を洩らし、悩ましく眉根を寄せる。

「ああ、奈央さん……奈央！」

隆一郎はガラスにへばりつくようにして、奈央を見た。

奈央もそれに気づいて、隆一郎を見た。だが、その悲しそうな目が、女芯を突かれるうちに霞がかかったように焦点を失い、とろんとして、

「ぁああ、あああ……」

と陶酔したような声を長く伸ばした。

山沖に押されたのか、左右の乳房がガラスに密着した。

押しつぶされた白い円い乳房がクラゲのようにひろがって、その中心の二つの乳首が目のようにも見えてくる。

「あん、あんっ、あん……」

制御機能を失ったのか、奈央は甲高く喘ぎながら、膝をがくっ、がくっと落としている。

その腰を引きあげて、山沖がまた強烈に打ち込んだ。

腰を突きあげながら、勝ち誇った目で隆一郎を見ている。

そして、奈央はもう何が何だかわからないといった様子で、伸びやかな裸身を震わせていたが、ついには、

「ぁああ、イク、イッちゃう……いや、いや、いや……ぁああ、ぁあああああ……ああ、許して。お義父さま、許して……あっ、あんっ、あんっ……イクぅ！」

ガラスを掻きむしりながら、上体をのけぞらせ、腰を後ろに突きだした。小刻みに裸身を震わせていたが、やがて、

「うあっ……！」

昇りつめたのか、凄艶な声をあげて伸びあがり、それから、操り人形の糸が切れたように、ふらふらっとしゃがみ込んだ。

隆一郎はただただ呆然として、床に這った奈央の姿を眺めていた。

第五章　囚われの生活

1

翌日、隆一郎が部屋を出るのを許されて、一階のリビングに降りていくと、オープンキッチンで奈央が昼食を作っているのが見えた。

いつもの薄い水色の胸当てエプロンをつけているが、どこかおかしい。

よく見ると、奈央はエプロン以外はつけていない。素っ裸の上にエプロンだけをつけているのだった。

おそらく、山沖がさせているのだ。

昨夜はあれから、隆一郎は自分の部屋に戻され、山沖は奈央と一夜をともにした。

二人だけの空間で何がなされ、何が語られたかは知る由《よし》もない。

だが、裸エプロンをさせて、しかもそれを奈央が受け入れているところを見ると、二人はいっそう親密になったことは確かのようだ。

「あんたはここにいろ」

山沖は隆一郎をひとり用のソファに座らせ、自分はキッチンを見渡すことのできるカウンターの前のスツールに腰をおろした。

汚れていた白いTシャツを黒の地に英語の記されたTシャツに着替えて、ズボンも穿きかえていた。

いずれも、隆一郎のものだった。

さっき洗濯機がまわる音がしていたから、おそらく、山沖の着ていたものは洗濯されているのだろう。

隆一郎は依然として、両手を前でひとつにくくられ、昨夜着せられたガウンのままの格好である。

今ここでは、この家の主人は自分ではなく、山沖なのだ。

そして、奈央は主人である山沖の妻役を務めているということか?

(この男は主人気取りの上、奈央に裸エプロンまでさせている……俺がやりたくても言い出せなかったことを、やらせている。脱獄囚のくせに!)

隆一郎は忸怩たる思いで、テレビ画面に目をやる。

点けっぱなしのテレビでは、ワイドショーまでもがこの脱獄騒ぎを伝えていた。

一夜明けて、ローカルニュースが全国的な国民の関心事にまで昇格したのだ。

山狩りの映像が流れ、人数をかけて山狩りをし、空き家を中心に捜索しているものの、いまだ山沖の行方も手がかりさえもつかめない。脱獄囚は本州に渡る可能性もあり、検問も随所で行なわれている、という解説が流れた。

（バカな警察だ。見当違いも甚《はなは》だしい。やつはうちにいるんだから。山狩りしたって、空き家を捜索したって、いないんだよ。昨夜だって、せっかく家に来ながら、見逃した。注意深い警察官なら、どこかに異常を見つけていただろうに）

警察はあてにならないから、このまま、山沖が出ていくのを待つしかないのだろう。だが、いつまでいるのだろうか？　気になって、山沖に訊いた。

「これから、どうするんだ？　この状態では、外に出たら捕まってしまうだろう」

山沖はすでに自分のなかで方針を決めていたのだろう、すぐに答えを返してきた。

「あんたらには世話になっているから教えておくよ。俺たちは一心同体だからな。もう少し、ここでほとぼりが冷めるのを待つ。それから、雨が降るのを待つ」

「……雨を？」

「ああ……雨の夜に決行だ」

「何を？」

泳ぐんだよ。本州まで。「橋は検問をしているから、「だから、自動車では行けないからな」

「泳ぐのか？」

隆一郎は啞然とした。確かにここの海峡は幅は狭いものの、潮の流れが厳しく、泳ぐのは危険だとされていた。

「近いところは本州まで三百メートルしかないんだよ。潮の流れは速いようだから、雨の夜、潮が止まった頃を見計らって、海峡を泳いで渡る」

山沖が確信ありげに言った。

「俺に早く出ていってほしいって気持ちもわかるが……まあ、雨乞いしてくれよ。あんたとしてはいやだろうが、それまでここにいさせてもらう」

「あの……できましたが、どうします？」

昼食を作り終えた奈央が、ちらりと山沖を見た。

「ああ、美味しそうなソーメンじゃないか。この島はソーメンが美味いらしいから、リクエストしたんだよ。あんたも一緒に食べようぜ」

山沖が近づいてきて、隆一郎の手を拘束している粘着テープを剝がした。

「協力するから、そろそろテープはやめてくれないか？」

隆一郎は粘着テープの跡をさすりながら、提案した。

「まあ、考えておくよ」

山沖が答えた。

三人はダイニングテーブルについて、この島特産のソーメンを、同じく特産のツユにつけてすする。

山沖はずるずるっとすすりあげて、言った。

「美味いじゃないか。いや、驚いたよ」

「ああ、ここのソーメンは美味しいよ。この島はどんな食べ物も美味しい」

隆一郎はそう答えながら、斜め前の席に座った奈央をちらりと見る。

水色の胸当てエプロンをつけたままで、脇のほうから乳房のふくらみが見える。

横乳というやつだ。

乳首はかろうじて隠れているものの、ノーブラの乳房を横から見る形になって、その誘惑的なふくらみにどうしても視線を引き寄せられてしまう。

それを悟られまいとして、ちゅるちゅるっとソーメンをすする。

手を止めて、山沖が言った。

「聞いたよ。あんた、建設会社の社長なんだってな……」

隆一郎がちらりと奈央を見ると、奈央が「すみません」と言うように頭をさげた。

「……しかし、ゼンソクで社長の座を譲ることが決まっている……」

「安心しろよ。別にそれで、あんたをゆすろうってわけじゃないから」

山沖は隆一郎の心の内を見透かして、笑う。

「奈央と結婚してるあんたの息子も、同じ会社にいるらしいな。大変だな、オヤジの会社に勤めるってのも……」

「………」

「まあ、しかし、そのうちにあんたの跡を継ぐんだろうけどな……。そういう密な関係で、息子の嫁に手を出すとはねえ……なかなか根性があるじゃないか。いや根性というより、性欲が強いだけか」

山沖が蔑《さげす》んだ目で、隆一郎を見る。

「……さっき奈央に電話をしてもらってね。あんたの息子の様子をさぐってもらったよ。しばらくはここに来られるとマズいからな……幸い、今、工事現場の監督で忙しくて、当分は来られないそうだ」

山沖が言い、隣の奈央を見た。

奈央はぎゅっと唇を噛んで、うつむいている。

隆一郎は思い切って言う。

「そこまで考えているんだな。感心したよ」

「言っただろ。俺は模範囚だったって。あんたはわからないだろうが、人の物を盗むってのは想像以上に頭をつかうんだ。ただのバカじゃ、人の物は盗めないんだよ。あっ、今、あんた、俺の女を盗みやがってと思っただろ？」

図星を指されて、隆一郎は驚いた。やはり、この男は只者じゃない。道を外れなかったら、優秀な働き手になっただろうに。

「……安心しなよ、社長さん。雨が降ったら、奈央は返してやるよ……って、ほんとうはあんたに返すというより、ダンナに返すんだけどな」

日に焼けた顔をほころばせて、山沖が隣の奈央に向かって手を伸ばした。

胸当てエプロンの脇から手を入れて、乳房を揉みはじめる。

隆一郎は目を剥いて、山沖を見た。

「いいオッパイしてるよな。あんたもそう思うだろ？」

山沖がにやっと笑う。

その傲慢な態度に、ぶん殴ってやろうかと思った。今なら拘束を解かれているから、五分に戦えるのではないか?

しかし、体が動かない。

山沖は隆一郎が刃向かえないことをわかっていたように、にたにたしながら、さらに乳房を好き勝手に揉みしだく。

奈央は一瞬、救いを求めるように隆一郎を見たが、隆一郎が動かないのを見て、顔を伏せた。

山沖が立ちあがって、奈央の後ろにまわった。

両脇からエプロンに手を入れて、左右のふくらみを揉んだ。その指が中心の突起をとらえたのだろう、

「うっ……!」

奈央がびくっと震えて、くっと奥歯を食いしばった。

山沖は勝ち誇ったように隆一郎を見ながら、なおも乳房を揉みしだき、頂上の突起を指で転がしている。

「やめて……」

奈央がうつむいたまま訴えた。

「ほんとうはもっとやって欲しいんだろ? その証拠に硬くなってきたぞ。乳首が

おっ勃《た》ってきた」

奈央がそれは違う、とばかりに首を左右に振る。

「社長だか何だか知らないけど、情けない男だよな。女を好きなようにされても、スルーかよ。あんた、男をやめたほうがいいぞ」

「このぉ！」

暴言を吐かれて、体が反射的に動いていた。

隆一郎は席を立ち、テーブルをまわり込んで、山沖につかみかかる。

だが、それを待ち構えていたように、山沖の肘が飛んできた。

ゴン……！

右肘が側頭部に当たって、脳味噌が揺れ、世界がぐるっとまわった。

ノックアウトされたボクサーのように気が遠くなって、自分がフローリングの床に崩れ落ちるのがわかった。と、すぐに、

「おい、大丈夫か？」

朦朧《もうろう》とした頭に、山沖の声が降ってくる。

「まいったな。あんた、弱すぎるぞ」

隆一郎は山沖に助け起こされ、肩を借りて、リビングまで歩き、ソファに寝かされ

た。

2

しばらくして、奈央がやってきた。保冷剤をタオルで包んだものを頭部に押し当てながら、

「大丈夫ですか？　わたしがわかりますか？」

心配そうに顔を覗き込んでくる。

「ああ、もちろん……」

「目眩《めまい》がするとか、頭痛がするとか？」

「ないよ。平気だ。一瞬、気を失っただけだ」

「ゴメンなさい」

「いいよ。あなたが謝ることじゃない」

「すみません」

奈央が保冷剤を枕にして、隆一郎の胸板をタオルで拭ってくれる。

屈むと、エプロンの胸当ての部分にゆとりができて、そこから、二つのたわわな乳

房が見える。その先っぽの乳首まで目に飛び込んでくる。赤みを増した乳首は明らかにしこり勃っていた。

山沖はと見ると、カウンターの前のスツールに腰かけて向こうを向き、コーヒーをすすっている。

隆一郎はおそるおそる手を伸ばして、エプロンの横から乳房をつかんだ。

「んっ……！」

びくっとしながらも、奈央は山沖のほうを振り向き、向き直って、それはダメとでも言うように首を振る。

こんなことをして見つかったら、只では済まないことはわかっている。

だが、やめられなかった。

カチンカチンになっている乳首を指で揉み込みながら、もう片方の手で背中から尻を撫でた。

エプロンは後ろで結ばれているが、背中には隙間があってすべすべした肌を感じる。

その下へとすべらせていくと、じかに尻たぶの丸みに触れた。

なめらかな陶器のような尻を撫でまわし、尻たぶの底へと手を伸ばすと、女の証はすでに濡れていて、ぬるっとしたものが指にまとわりついてくる。

（こんな濡らして……そうか、さっき山沖に乳房をいじられて、ここも濡らしてしまったんだな）

昨夜から奈央は何度も男のものを受け入れて、昇りつめている。きっと、身体が発情してしまっているのだろう。スイッチが入りっぱなしなのだ。

隆一郎がさらに、濡れ溝を指でさすろうとしたとき、

「おい、何をしてるんだ！」

山沖の怒声が聞こえた。

ハッとして手を引いたが、時すでに遅しで、山沖は近づいてきて、奈央を引き剥がした。

「……ったく、油断も隙もない社長さんだな。昨夜もそうだったよな。ちょっと目を離すとこれだ……あんた、色惚《いろぼ》けしてるのか？」

山沖は隆一郎の両手を背中にねじりあげ、ふたたび粘着テープでぐるぐる巻きにしていく。

「あんたがいけないんだからな。ここで横になっていろ」

隆一郎をソファに転がして、奈央に近づいていく。

呆然として立ち尽くしている奈央の黒髪をつかんで上向かせ、強引に唇を奪った。

いやがる奈央を抱き寄せて、キスをする。

そうしながら、奈央の手をつかんで股間に導いた。

するうちに、奈央の手が股間のふくらみをさすりはじめた。唇を吸われ、エプロン姿をしなるほどに抱き寄せられながら、ズボンのふくらみを撫でさするのだ。

（ああ、奈央さん、あんた……）

義父に見られていることがわかっていて、自ら男のイチモツを撫でさするとは——。

『ストックホルム症候群』とやらで、山沖に愛情を抱いてしまっているのではないのか？　それとも、何度も気を遣らされて、山沖の奴隷になりはてたのか？

山沖はキスをやめると、

「しゃぶれよ」

命じて、奈央の頭部をぐいと押しさげた。仁王立ちした山沖の前にしゃがんだ奈央が、いやいやをするように首を振った。

「あいつがどうなってもいいんだな？　今度、ゼンソクの発作が起きても、放っておくぞ。脅しじゃないからな。あいつはいろいろと気に食わねえんだよ。どうする、やるか？」

髪の毛を鷲づかみにされて、眉根を寄せながらも、奈央はうなずいた。

もう隆一郎のほうは見向きもせずに、あわただしくベルトをゆるめ、ズボンととも
にブリーフを膝まで押しさげた。
臍《へそ》に向かっていきりたっている逞しい肉の柱が目に飛び込んできて、隆一郎は目を
瞑る。さすがにもう耐えられない。しばらくすると、
「んっ、んっ、んっ……」
奈央の呻き声が聞こえてきた。
おそらく頬張って、さかんに顔を打ち振っているのだろう。ダメだ。見ては。自分
を傷つけるだけだ。
しかし……。
ダメだった。おずおずと目を開けると、奈央が山沖の股ぐらに顔を埋めていた。
山沖は足を開いている。
そして、奈央は片手を床に突き、上を向くようにして、睾丸袋を舐めているのだっ
た。いや、違う。もっと奥のほうだ。
奈央は蟻《あり》の門渡《とわた》りに舌を這わせている。
睾丸とアヌスの間の敏感な縫目を、一心不乱に舐めている。
時々ちらっと見あげて、奈央は山沖の表情がうかがう。山沖がうなずくと、今度は

睾丸を頬張った。

ちゅるっと吐き出して、皺袋に舌を走らせながら、片方の手でいきりたちを握っている。

かるく波打つ黒髪が床に向かって垂れている。

奈央は上を向いている。細く尖った舌をちろちろと躍らせて、毛むくじゃらの袋をかわいがり、同時に肉棹をしごいている。

座っているので、エプロンの後ろから真っ白な双臀が見えている。そのぷりんとしていながらも肉感的な尻の丸みに、エプロンの結び目の紐が垂れ、小さなアヌスの窄まりさえもあらわになっている。

その献身的な姿からは、男に奉仕をする成熟した女の色香が匂いたっている。まったく下品さを感じないのは、奈央がもともと品がいいからだろう。

（ああ、奈央……あんたはすごい……）

なぜだろう？　まるで、良質なアダルトビデオのワンシーンを見ているようだ。

この絶望的な現実をすべて受け入れることができず、無意識に二人を遠ざけているのかもしれない。これは、向こう側で行なわれている架空の出来事だと思えば、どうにか自分が発狂せずに済む。

そのとき、山沖と視線が合った。

ハッとして視線を外したが、隆一郎が二人を見て、昂奮していたことに気づかれただろう。

山沖が、奈央を引きずって、近づいてきた。

そして、隆一郎のすぐ目の前で、奈央をソファの背もたれにつかまらせた。腰を曲げた奈央の乳房を、後ろから抱きすくめながら揉みしだき、

「よく見えるだろ？　あんたの女がオッパイを揉まれているぞ。そうら、見ろよ」

山沖はエプロンを両肩から抜き取るようにしておろした。

「やめて……！」

抗う奈央をまたソファの背もたれにつかまらせ、あらわになった双乳をこれ見よがしに鷲づかみにする。

「そうら、見えるだろ？　好きな女のオッパイがモミクチャにされるのを見るのは、どういう気分だ？」

山沖がせせら笑う。

「……よしてくれ。そういう趣味の悪いことはやめてくれ」

「趣味が悪い？　あんたのほうが悪いだろ？　義理とは言え、娘がオマンコされるの

を見て、昂奮してるくせに。今も見てたろ？　奈央が俺のキンタマをしゃぶるのを、昂奮して見てただろ！　そうら、見てろ」

山沖が、奈央の乳房を揉みしだき、中心の突起を指で押した。乳首を凹《へこ》ませながら円を描くように捏ねる。

「うっ、うっ」と我慢していた奈央が、乳首をくりっとねじられて、

「あっ……ぁあうぅぅ」

後ろに突きだした尻をぐいっと振る。

「見たか、今の？　奈央はマゾだからな。愛《いと》しい『お義父《とう》さま』に恥ずかしい自分を見られるとジンとしちゃうんだよ。子宮が疼《うず》くんだよ」

そう言って、山沖が後ろから怒張を押し込んでいく。

白く張りつめた大きな尻をつかみ寄せながら、腰を突きだすと、

「くっ……！　ぁあああ、許して……」

奈央が顔を振りあげ、背中をいっぱいにしならせた。

山沖は両手でほっそりした腰をつかみ寄せ、激しく腰を叩きつけた。バスッ、バスッと乾いた音が立って、奈央は乳房を揺らしながら、

「あっ……あっ……あっ……ぁあああうぅぅ」

奈央は顔をいっぱいにのけぞらせ、痛切に喘ぐ。

「そうら、オマンコが締まってきた。こいつ、感じると、ここがびくびく締まるんだ。あんたもわかってるだろ？　いいんだぞ。見て……ほら、もっと見ろよ」

山沖が言いながら、腰を打ち据える。

（やめろ！　やめてくれ！）

そう心のなかで訴えながらも、隆一郎は視線をそらすことができないのだった。

手を伸ばせば届く距離に、奈央の乳房がある。強烈に打ち込まれるたびに汗ばんだふくらみがブル、ブルンと激しく揺れている。

「触りたそうじゃないか？　いいんだぞ。モミモミして」

「えっ……？」

「いいんだぞ。今さら紳士ぶってもしょうがないだろ？　奈央だって、そうしてほしいってよ。やれよ！」

最後に強く言われて、隆一郎はおずおずと手を上に伸ばしていく。

ちょうど胸の真上に奈央の乳房がある。

両手で左右のふくらみをそっとつかんだ。柔らかくて、ぐにゃっとした肉層が指にまとわりついてくる。うっすらと汗が滲んだ肌は火照っていて、硬貨大の乳暈は星型に粒が浮きでており、ピンクがかった薄茶色の乳首が痛ましいほどに頭を擡げている。

我慢できなくなった。

尖った乳首を指腹で挟んで、くりっと転がすと、

「くっ……！」

奈央の身体が撥ねた。

つづけて左右の乳首を捏ねると、

「んっ……んっ……ぁあああ、ダメっ……お義父さま、許してください……あっ、あっ……ぁああああ、わたし、わたしもう……」

奈央の腰がストロークをせがむように、前後に揺れ動いた。

山沖がそれに合わせて、腰を突きだす。

「あんっ……あんっ……」

大きく喘いだ奈央の身体が小刻みに震えはじめた。

山沖はもうストロークをやめている。なのに、奈央は自ら腰を後ろに突きだして、抽送《ちゅうそう》をせがみながら、

「ぁああ、お義父さま……もっと……」

隆一郎にせがんでくる。

（奈央、奈央さん……！）

隆一郎は夢中で乳房を揉みしだき、乳首を捏ねた。引っ張りあげて、そこでトップを指先で擦る。

側面を強めにつまんで、押しつぶすように左右にねじる。

「ぁああ、ぁあああ……気持ちいい。お義父さま、気持ちいい……ぁああ、ぁああああああ」

奈央は乳首を愛撫されながらも、全身を前後に揺らして、自ら膣肉をイチモツに擦りつけている。

もう理性が完全に崩壊してしまっているのだ。

だが、そんな奈央がいやかというと、逆だ。普段の知性を失くして、本能の赴くまま快感を貪る奈央を、とても愛おしく感じてしまう。

「ふふっ、いいねえ。たまんねえよ……人妻なんかやめて、AV女優にでもなったらどうだ？　受けると思うぞ。普段は清楚で落ち着いた女が、いざとなったら、悶え狂う。たまんねえよ……おいおい、あんたチンコ、ギンギンじゃないか。そうか、いいことを考えた。奈央、『お義父さま』のチンコを握ってやれよ。ほら、やれよ！」

パシッと尻たぶを平手打ちされて、奈央が背もたれから手を離して、右手で隆一郎のイチモツを握った。

ガウンから恥ずかしいほどにいきりたっているものを、まるでそれだけが頼りとでもいうように強く握り込んでくる。

「しごいてやれよ」

山沖に言われて、奈央は静かに肉棹を擦りはじめた。

そこにはもう躊躇《ちゅうちょ》はなく、愛おしいものをかわいがり、もっと気持ち良くなってもらいたいという情感をあらわにして、ずりゅっ、ずりゅっと大きく肉茎をしごいてくる。

目を細めていた山沖が命じた。

「しゃぶってやれよ」

「えっ……？」

「お前が今握っているのを、フェラしろよ。ほんとうは奈央だっておしゃぶりしたいんだろ？　わかるんだよ。社長さんだって同じだよな。咥えてほしいよな？」

隆一郎は返事をできない。

「訊いてるんだよ！」

「そ、そうだ。く、咥えてほしい」

「なっ、奈央。言ったとおりだろ？　しゃぶってやれよ」

ふたたび尻を叩かれて、奈央が静かに屹立に顔を寄せる。

エプロン姿で後ろから貫かれているので、両足を立てたまま前に屈み、いきりたつものに唇をかぶせてきた。

ゆったりと顔を打ち振る。

「おっ、くっ……！」

隆一郎はうねりあがる快感に唸っていた。

何という気持ち良さだ。ぷにっとした柔らかな唇が勃起の表面をちょうどいい具合にすべり動く。

しかも、奈央は脱獄囚の屈強なイチモツを体内に打ち込まれているのだ。

つい先日まで、奈央は模範的な息子の嫁だった。なのに今は……。

いったい何が起こったというのだ？　だが、これは紛れもない現実だ。

奈央は貞淑な妻という仮面をかぶっていた。いや、それは仮面ではない。それも事実である。そして、今こうしているのも彼女の現実なのだ。

女は昼と夜では、違う顔を持っている。

奈央は隆一郎の知らなかった夜の顔を見せてくれている。そういうことだ。

徐々に大きく、速く唇を往復されると、イチモツが蕩けるような快美感がせりあがってきた。

奈央が「うっ」と呻いて、動きを止めた。

山沖が腰を打ち据えていた。

エプロンがまとわりつく腰をつかみ寄せて、後ろから音がするほど強く腰を叩きつける。

それにつれて、奈央の身体が前後に揺れて、

「うっ……うっ……」

肉棹を頬張ったまま、奈央は苦しげに呻く。

両手で自分の身体を支え、口だけで肉柱を頬張っていたが、やがて、がくがくっと膝が落ちかけた。

「イキそうなんだな？」

山沖に訊かれて、奈央はうなずく。

「たまんねえ女だな、あんたは。男の玩具だよ。しかも、レベルが高い。俺がこんなんでなかったら、あんたとつきあうんだけどな……残念だよ。社長、奈央のオッパイを揉んでやれよ。あんたもわかっているだろうが、奈央は乳首が弱いからな。乳首を

捏ねてやれよ。おらっ、早く！」

隆一郎は体の位置を変えて正面を向いて座り、奈央の下を向いた乳房の頂上を指で転がした。

「ううっ……ううっ……！」

奈央が肉棹を頬張りながら、悲しそうな目で隆一郎を見た。

それでも、隆一郎がさらに乳首を捏ねまわすと、潤みきった目がフッと閉じられ、

「ぁあああ……」

と、顔がせりあがった。

「おおぅ、たまんねえよ。イクぞ。出すぞ。ちゃんと外に出してやるからな。きっちりイクんだぞ」

山沖が唸りながら、腰を叩きつけた。

「うっ、うっ、ぅうっ……」

奈央はつづけざまに呻きながらも、決して肉棹を吐き出そうとはせずに、咥え込んでいる。

隆一郎もそんな奈央をイカせたい一心で、カチカチの乳首を捏ねる。ぎゅうと圧迫して、右に左にねじる。

奈央の様子が切迫していた。がくん、がくんと膝が曲がり、立っていられないとでも言うように、腰を落とす。

落ちかけた腰をつかみあげて、山沖が吼えながら激しく打ち込んでいる。

次の瞬間、山沖が腰を引いて、白濁液を奈央の尻に飛ばし、

「あっ……！」

奈央は小さな声を洩らし、それから、床に崩れ落ちていった。

第六章　最後の日に

1

二日後、夕方になって雨が降ってきた。

天気予報では、この雨は明日まで降りつづけるだろうということだった。

（……ようやく、山沖が出ていってくれるのか）

隆一郎はリビングのカーテンの隙間から、外を見た。

さっきまではぱらぱらという感じだったが、今はもう雨脚が強くなって、島の風景が雨に煙っている。

この二日間、警察は必死になって山沖を追っていた。だが、依然として足取りはつかめず、山狩りと空き家の捜索にさらに人数をかけているようだった。

当たり前だ。山沖はこの家にいるのだから。山沖はそんな警察をあざ笑うように、丘の途中の別荘にのうのうと居続けているのだ。

まるで王様気取りだった。

奈央には料理、洗濯といった身の回りの世話を焼かせ、夜になると奈央の部屋で一緒に夜を過ごした。

隆一郎は奈央と二人で話す機会はほとんどなく、奈央が何を考えているのかをつかめない。

奈央は一見すると、山沖の奴隷と化しているようにも見える。だが、決して山沖にぞっこんというわけではなく、言いなりになることで、頭を低くして、暴風雨が通りすぎるのを待っているのだろう。

(山沖が去ってしまえば、また自分の元に戻ってくる)

そう自分を納得させないと、とても正気ではいられなかった。

そして、そのときがやってきた。計画通りならば、山沖は今夜、ここを出ていく。

ようやく、山沖の支配から解放されるのだ。

リビングでは、奈央はキッチンに立って、食事の用意をしている。山沖はソファに座って、テレビを見ていた。

テレビのニュースやワイドショーの類《たぐい》は、このところ、山沖の脱走騒ぎ一色で、各社が様々な角度から取材したことを報道しているので、山沖には警察の動きが筒抜けになっていた。

『山沖受刑者の足取りが、いっこうにつかめないというのは、どういうことなんでしょうかね？』

ベテラン司会者が、警察ＯＢのコメンテーターに訊いて、

『この地域では、空き家や別荘が数百軒あるんです。その一軒一軒をしらみ潰しに捜すには時間がかかります。それに、じつは空き家というのは、所有者の許可を得ないとなかに入れないんですね……』

『山に潜んでいることも考えられますかね？』

『そうですね。あり得ます。この辺の山は自然が豊かで、木の実などの食料になるものが豊富にあります』

『明日の昼過ぎまで雨がつづくようですが、山のなかでは大変でしょうね』

『どこかの空き家に忍び込んでいることは充分に考えられます』

と、司会者とコメンテーターの応酬がつづき、

「バカなやつらだ。日本の警察もＯＢもアホばっかりだな。想像力が足らない」

山沖があざ笑うようにテレビに話しかけ、

「今夜、決行するからな」

隆一郎に向かってきっぱりと言った。

「午前一時頃に潮が止まるらしい。対岸までいちばん近いところを泳いで渡る。その岬まで歩いて、十五分。岬から泳いで、二十分あれば対岸に着けるだろう。服は着たままだ。泳ぎついたとき、雨なら服が濡れていても、言い訳がきく。それに、雨なら視界も悪いし、発見されにくい……それまではここにいさせてもらう。よかっただろ、社長さん。ようやく自由になれるんだ。ホッとしてるだろ？」

山沖が隆一郎を見て、にやっとした。

隆一郎は無言のままだ。

「あんたらには悪いが、ここを出るとき、二人は拘束して部屋に監禁しておく。すぐに連絡されると困るしな。俺が母親に金を渡し終えたときには、警察に連絡を入れて、ここに来てもらうようにしてやるよ。二日三日はかかるかもしれないが、部屋に水と食事だけは置いておいてやる。それで、どうにかしのげるだろう？」

山沖が言った。

「ひとつだけ、心配があるんだ」

隆一郎が口を挟む。

「何だ？」

「もしも、もしも……その、あんたが、途中で溺れてしまって、その……」

「溺死しちまったら、誰も助けに来てくれなくなるってか？」

「……ああ」

「心配には及ばんよ。俺は何があってもきっちり泳ぎきる……」

「そうか……」

不安だが、この男ならやってのけるだろうという気がした。

夕食ができて、三人での最後の晩餐《ばんさん》を摂る。

山沖は記念にワインを呑みたいと言うので、取って置きの年代物のボルドー産赤ワインのコルク栓を開けた。

山沖は、奈央が切った血のしたたるようなローストビーフをむしゃむしゃ食べながら、ワインを呑む。

「泳ぐんだろ、いいのか」

隆一郎が訊くと、

「少しくらいは平気だ。まだ、時間がある……そうだ、奈央。服を脱げよ」

「えっ……？」

と、隣の奈央が怪訝な顔をした。

「聞こえなかったのか？　服も下着も全部脱いで、裸になれよ。もうあと少しで奈央ともお別れなんだ。したいことは全部しておきたいんだ」

「ちょっと待ってくれ。そんなことをしたら、奈央さんが風邪を引いてしまう」

隆一郎が反対する。

「風邪？　そんなものワインを呑んで、身体を温めておけばいいさ。いいから、脱げよ、早く！」

山沖が叱咤する。

あと少し我慢すれば、と思ったのだろう。奈央が立ちあがって、ワンピースを頭から抜き取り、それから、ブラジャーとパンティを脱いだ。

一糸まとわぬ姿になって、おずおずと席に座る。

「いいねえ、ほら呑めよ」

山沖がワインを勧め、奈央がちらっと隆一郎を見ながら、ワイングラスを持つ。

どぼどぼと豪快に煉瓦《れんが》色のワインが注ぎ込まれていく。

「あんたも……」

ワインの瓶を差し出されて、隆一郎もグラスを出す。透明なガラスを煉瓦色の液体が満たしていく。

ワインを喉に流し込むと、隆一郎も気持ちがしっかりしてくる。

(もう少し我慢すれば、この男は出ていく。それまで待つんだ。何をされても、我慢しろ)

と自分に言い聞かせる。しかし、それにしても——。

斜め前に腰をかけている奈央の美しさはどうだ!

赤ワインの細いグラスを持つ指は細く長く、赤い液体越しに、あらわな乳房が見えている。

直線的な上の斜面を下側の充実したふくらみが持ちあげた隆起は、息を呑むほどに悩殺的で、女の官能美をたたえている。薄く張りつめた乳肌からは青い静脈が根っこのように透けでている。しかも、ピンクがかった薄茶色の乳首はまだ触られてもいないのに、しこりたっている。

奈央は時々、垂れかかる髪を悩ましくかきあげ、ワインを口に持っていく。呑むときには、ほっそりした喉元が反って、その曲線がセクシーである。

(女の裸と赤ワインはこんなに合うのか……!)

山沖はどうしようもない男だとは思うが、この数日間でセックスに関してはいろいろと学んだような気がする。

それはおそらくこの時とばかりに、山沖が頭に浮かんだ欲望をためらうことなく実現化しているからだろう。つまり、隆一郎がしたいと思っても理性に抑えつけられてできなかったことを、山沖が実践しているからだ。

山沖がいなくなったとき、自分が山沖のようなことをさせたら奈央は受け入れてくれるだろうか？

今、奈央は究極の状況だからこそ、アブノーマルなことも受け入れているのだ。日常に戻ったとき、それは可能なのだろうか？

ここ数日、奈央の顔から笑顔は消えている。だが、囚《とら》われの身であり、この侵入者のすべてに従わなければいけないという状況がそうさせるのか、奈央の身体からは隷従する女の色香が匂い立っている。

表面はとても静謐《せいひつ》だが、ちょっと揺さぶれば、たちまち乱れそうな気配がただよっている。

山沖もそんな奈央のエロスを感じとっているのだろう、鮭紅色のローストビーフをむしゃむしゃ食べながら、奈央をちらちら見ている。

ローストビーフを一切れつまんで、奈央に向かって言った。

「これ、奈央のあそこにそっくりだな。この微妙な色のグラデーションとか、赤みとかな。自分でそう思わないか？」

「……やめてください。食事中ですよ」

奈央に強く言われて、

「ああ、悪かったな。まあ、許せや」

当然、怒るだろうと思ったのに、山沖が意外に素直に謝ったのには驚いた。

奈央は、山沖の衝動に満ちた欲望に逆らうことなくそのすべてを受け入れながらも、いつの間にか、山沖を飼い馴らしているのではないだろうか？

最後の晩餐になる夕食を終えて、三人は席を離れ、隆一郎はまた両手を前にしてくくられた。

食事の後片付けを終えた奈央を、山沖はリビングの三人用ソファに呼んで、自分の隣に座らせた。

そして、ごろんと横になって、奈央の太腿に顔の側面を乗せた。

「決行まで、あと四時間か……」

ちらりと壁の時計に目をやり、山沖は目を閉じた。

しばらくして、山沖が目を開いて、

「二階に行こう。あんたもだ」

隆一郎を見た。

「私も……？」

「ああ、ひとりにして妙なことをされては困るしな……あんたも混ぜてやるよ」

「えっ、私を混ぜるって？」

「セックスだよ。俺は海の藻屑《もくず》となって消えるかもしれない。オフクロに金を渡すまでは死ぬつもりはないが、やっぱり、これぱっかりはどう転ぶかわからないだろう？その可能性も考えてな……つまり、俺の人生でやり残したことはないようにしたいんだよ……行こうか」

山沖は立ちあがって、奈央の腕を取った。奈央がしぶしぶ立ちあがる。

「おらっ、あんたもだよ！」

叱責されて、隆一郎も腰を浮かせた。

2

一糸まとわぬ奈央が山沖に愛撫されて、洩れそうになる声を必死に押し殺している。そして、ベッドで見事な裸身が悶え、くねるさまを、隆一郎は床に座らされて、傍観することしか許されなかった。

山沖の手が優美にふくらんだ乳房を揉みしだいている。美しく円錐の形に盛りあがったふくらみは指の形にところどころ赤く染まり、中心よりやや上についた乳首がツンと上を向いている。

尖りきった乳首を舌でなぞりあげられて、

「あっ……！」

奈央が抑えきれない喘ぎを洩らした。

両手を前のほうで粘着テープでひとつにくくられていて、その手を頭上に押さえつけられていた。その無防備な格好が、隆一郎をかきたててしまうのだ。

(俺もきっとこういうことが好きだったんだ。それを理性で抑えてきたんだな……)

その間にも、山沖は乳房を揉みながら腋の下に顔を埋めて、鼻を鳴らした。

「いい匂いがするな、奈央の腋は」

「やっ、やめてください」

奈央が肘をおろそうとするものの、そこをぐいと持ちあげられる。

「全身から甘くいい香りがする。何だ、この男を駆りたてる匂いは？」

「……し、知りません」

「天性の娼婦なんだよな、奈央は。普段は隠してお淑やかにしているが、ベッドではそれが出てしまう。そうやって、ダンナもあいつも誘惑してきたんだろ？」

「……そんなこと、してません」

「じゃあ、なぜ父娘で寝ているんだ？　見てみな。あいつ、奈央のことをいやらしい目で見てるだろ？」

自分のことを言われて、隆一郎は目を伏せる。

「まあ、奈央もお義父《とう》さまに見られて悦んでいるんだから、お互いさまだよな」

山沖が黙り、しばらくして、

「ああああ……いやです。そこは、いやっ……あうぅぅぅ」

奈央の切なげな声が耳に飛び込んできた。

おずおずと目を開けた。

ベッドの上で、腕を頭上にあげられて腋窩をあらわにされた奈央が、腋の下の窪みを舐められて、

「うっ……うっ……」

抑えきれない声を洩らして、びくっ、びくっと肢体を震わせていた。

(ああ、やめてくれ。奈央さん、そいつの愛撫に感じないでくれ!)

心のなかで悲痛な声をあげながらも、隆一郎は目を離すことができないのだ。

山沖は執拗に腋の下に舌を走らせ、さらに、舌を二の腕にかけてツーッと這いあがらせていく。

その間も、もう一方の手で乳房をつかんで、揉みしだいている。

「ぁああ、いやぁ……許して、許してください。あんっ……!」

奈央が乳首をつままれて、がくんと大きく顎をせりあげた。

山沖は二の腕から腋に舐めおろしていき、いきなり、腋の下に嚙みついた。

「あ、くっ……!」

奈央の裸身が引き攣《つ》って、爪先が反りかえる。

それから山沖は脇腹へと舌をすべらせていく。伸びて、わずかに肋骨が浮きあがった体側《たいそく》を山沖の舌がちろちろとくすぐっていき、

「うっ……あっ……」

奈央が激しく痙攣する。

同時に乳房を揉まれ、「ぁあああ」と声をあげ、裸身をよじる。

腰が右に左に揺れ、爪先がピーンと伸びる。

全身を愛撫され、湧きあがる快感を抑えることもできずに身悶えする奈央——。

こらえきれずに、隆一郎は訴えていた。

「こんなことをするために、私を呼んだのか？　そうじゃないだろう」

「……あんたも参加したいってことだな？」

山沖がこちらを向いた。

「………」

「いいぞ。ただし、もう少し待ってろ」

そう言って、山沖は奈央の乳首にしゃぶりついた。痛ましいほどにしこりきった乳首を舌であやし、転がしながら、手を降ろしていき、太腿の奥をまさぐった。

繊毛の下を手のひらでさすりながら、乳首を舌であやす。

「やめて……」

奈央が小さく訴えた。

「奈央の『やめて』は、『もっとして』ってことだからな。いいんだぞ。お義父さまに見せてやれよ。いやらしい腰振りダンスを」

山沖が左右の乳首を執拗に舐め転がすと、奈央の腰があがってきた。

「ぁあああ……いやいや、見ないで。お義父さま、目を瞑っていて」

そう口では言いながらも、奈央は下腹部をブリッジでもするように浮かせて、山沖の手に股間を擦りつけ、

「ぁああ、お願い、させないで……いや、いや……ぁあああ、見ないでください」

奈央が悲痛に訴える。だが、隆一郎の視線は釘付けにされたようで、その腰の上げ下げから目を離せないのだ。

「いやらしい腰だな。どんなに貞淑ぶっても、この腰がそれを裏切ってしまう。こうして欲しいんだな」

山沖は下半身のほうにまわって、奈央の腰をつかんであげさせた。でんぐり返しの途中で動きを止めさせたように腰から上を浮かせて、奈央は、

「いやぁあああ……！」

と、悲鳴をあげる。

その持ちあげられて上を向いた股間に、山沖がしゃぶりついた。

左右の開いた太腿をつかみながら、さかんに舌を走らせる。

「いや、いや、いや……」

顔を右に左に振っていた奈央の動きが変わった。静かに顎をせりあげるようになり、ついには、

「ぁああ、ぁあああ……」

と、陶酔した声をあげる。

持ちあげられて開いた足の親指がぐぐっと反りかえり、反対に内側に折れ曲がる。

びく、びくっと細かい波が走り、奈央は「くっ、くっ」と必死に何かを押し殺している。

「ぬるぬるになりやがった」

山沖は顔をあげて言い、右手の指を一本、太腿の奥にすべり込ませた。膣に中指を挿入されて、

「うあっ……！」

奈央が顔をせりあげた。

「すごいな、こんな細い指でも、ぎゅうぎゅう締めつけてくる。どうなってるんだ、あんたのオマンコは？」

そう言って、山沖が指を二本、三本と増やしていった。

三本の指をまとめて出し入れされて、

「ぁあああぁ、許して……」

奈央が訴える。

「俺のチンチンを楽々と受け入れてるんだ。このくらい、何ともないだろうが？　そうら、よがれよ。ほんとうは気持ちいいんだろ？」

山沖がさかんに三本指を抜き差しする。そのたびに、ぐちゅぐちゅと白濁した蜜があふれだし、すくいだされて、

「ぁあぁ、ぁあああ……ダメっ……ダメっ」

奈央はそう口では言いながらも、ひろげた足をぶるぶると小刻みに震わせている。

「ダメじゃないだろうが！　ほんとうは気持ちいいんだろ？　ぶっといモノで犯されるのがいいんだよな？　言えよ、オラ！」

「……知りません。違うわ」

「相変わらずしぶといな。そうら、これでどうだ？」

山沖が三本の指を折り曲げて、膣の腹側にあるＧスポットを擦っているのが見える。

女性なら誰でもがそうだが、そこは奈央がもっとも感じる箇所でもある。

奈央の気配が変わった。

「ぁああ、ぁあああ……ぁあああぅぅ」

獣染みた声を洩らして、足の親指を激しく曲げたり、反らしたりしている。

「ぐぢゅぐぢゅ言ってるぞ。なかがどろどろになってきた。イクんだな、いいんだぞ、イッて。お義父さまに、気を遣るところを見せてやれ」

山沖が激しく指を抜き差ししたとき、

「ぁああ……くっ……！」

奈央はいっぱいに口を開け、それから、のけぞりかえった。

「あっ……あっ……」

絶頂を示す痙攣をしながら、がくん、がくんと躍りあがっている。

3

「来いよ」

と言われて、隆一郎がベッドにあがると、山沖が手の縛めを解いてくれた。

そして、ぐったりしていた奈央にこう命じた。

「お義父さまのチンコをしゃぶってやれよ」

「えっ……？」

と、奈央が山沖を見た。

「気をつかわないでいいんだ。それとも、もうこいつのチンコをしゃぶるのはいやか？」

山沖に言われて、奈央は首を左右に振った。

隆一郎はベッドに仰向けになっている。その足のほうにしゃがみ込んで、奈央が屹立に顔を寄せてきた。

隆一郎のそれは半勃《はんだ》ちの状態だった。

しかし、奈央のなめらかな舌にツーッ、ツーッと舐められると、瞬く間に力を漲らせてしまう。

「あんたも大したもんだな。人が見てるのに、チンコをきっちり勃てて」

山沖が薄く笑った。

嘲笑《あざわら》われている。しかし、ここまで来れば、プライドもくそもない。

(俺は狂ってしまっている。だが、これも今だけだ。こいつが去っていけば、また普通になる)

奈央はひとつにくくられた両手の指で怒張してきた肉の柱をつかみ、しごきながら、先端にキスをし、そして、尿道口に沿って舌を這わせる。

隆一郎のものが完全に勃起すると、奈央は見あげて、うれしそうな顔を見せた。

(ああ、やはりまだ、奈央は俺を愛してくれている！)

その証拠に、奈央は情感たっぷりに肉の柱を舐めている。上から頬張ってきて、ゆったりと唇をすべらせる。

黒髪が垂れ落ちて、毛先がさわさわと下腹部をくすぐってくる。

ベッドに這う形で、奈央は丹念にご奉仕をしてくれる。

垂れ落ちた髪の間に、その優美な顔が見え、唇が肉棹をすべり動いている。その向こうには、しなった背中と持ちあがった尻が見える。

「ああ、奈央……きれいだよ。気持ちいいよ」

思わず声をかけると、奈央が頬張ったまま見あげて、はにかんだ。その恥ずかしげな微笑は前とまったく変わっていない。

と、山沖が奈央の後ろにしゃがんで、尻を撫ではじめた。

ハート形に張りつめた尻たぶをなぞっていたが、やがて、尻たぶの底をいじりはじめた。

指腹でぬかるみをリズミカルに叩く、ぴちゃぴちゃという音がして、

「く……！」

奈央が肉棹を頬張ったまま、低く呻いた。

顔を打ち振ることもできなくなって、頬張ったまま動かない。

するうちに、奈央の腰がくねりはじめた。

「どうした？　欲しいのか、ここに？」

山沖が問う。

「いやなら、首を横に振れ。入れてほしいのなら、首を縦に振れ。どっちだ！」

奈央はしばらくためらっていたが、やがて、首を縦に振って、肉棹を唇でしごいてくる。

「わかった。入れてやるよ」

山沖が後ろから腰をつかみ寄せて、いきりたっているものを押し込んでいく。それが体内に姿を消すと、

「うっ……！」

奈央が肉棹を咥えたまま、凄絶に呻いた。

「すごい女だな。あんたのチンコを咥えたままだ。大した女だよ」

山沖がちらっと隆一郎を見て、動きはじめた。

後ろから尻をつかんで引き寄せながら、ズンッ、ズンッと強く肉棹を打ち込む。

「うっ……うっ……うっ！」

奈央は前後に揺れて、苦しげに呻きながらも、決して肉棹を吐き出そうとはしない。

それどころか、山沖が律動を止めたときには、自分から顔を打ち振って、隆一郎のイチモツに快感を与えようとする。

（ああ、奈央……！　何てすごい女だ！）

隆一郎は胸底《きょうてい》から熱いものが込みあげてくるのを感じた。

山沖が後ろから打ち込み、奈央はまた「くっ」と呻く。呻きながらも徐々に性感が高まっていくのがわかる。

「前と後ろから、犯されるのはどんな気持ちだ？　頭がおかしくなるくらい気持ちがいいだろ？　奈央はそういう女だものな。よし、次はあんたがやれ」

山沖がまさかのことを言い、隆一郎を見て、奈央から離れた。

「奈央はイキたくてしょうがないだろ？　途中でやめたからな。お義父さまに乗っかれよ。いいんだ。貞淑ぶるな。あんたの本性を見せてくれよ。ほらっ」

山沖に背中を押されて、奈央がおずおずとまたがってきた。

唾液まみれでいきりたっているものを、ひとつにくくられた手指で導き、それからゆっくりと沈み込んでくる。

隆一郎は分身が温かい肉筒に嵌まり込んでいくのを感じて、くっと奥歯を食いしばった。

「ぁあああ……いいのぉ！」

奈央が上体をまっすぐに伸ばして、そう口走った。

「あなた、あなた……わたし、もう……」

もう一刻も待てないとでも言うように、腰から下を振りはじめた。

隆一郎を「あなた」と呼んでくれたことがうれしかった。

ぐちゅ、ぐちゅと音がして、奈央の腰がくねり動く。

膝を立てて、腰を浮かせ、身体ごと縦に揺れはじめた。

まるでスクワットでもするように腰を上下動させて、いきりたつものを体内に迎え入れる。隆一郎には自分のシンボルが、翳《かげ》りの底に沈み込み、また出てくるのがはっきりと見える。

上で撥ねていた奈央が、前に屈んだ。

手を隆一郎の胸板に突いて、もう止まらないとばかりに腰を前後に揺すって、濡れ溝をぐいぐい擦りつけてくる。

激しく怒張したものが、蕩けた肉路で揉みくちゃにされ、頭部が子宮口を擦っている。

こらえきれなくなって、隆一郎は手を前に伸ばして、乳房を鷲づかみにした。

柔らかく量感のある乳房を揉むと、

「ぁああ、お義父さま、それがいいんです……ぁああ、おかしくなる。乳首を、乳首を……」

奈央が訴えてくる。

「こうだな。こうすると、奈央さんは感じるからな」

カチカチになった乳首を指で捏ねると、それがいいのか、

「ぁああ、ぁあああ……いい……お義父さま、イッちゃう。恥ずかしいわ……お義父さま、奈央、イッちゃう！」

奈央の腰振りがいっそう激しくなったとき、何かが光って、小さな音がした。

ハッとして見ると、山沖がスマホで二人を撮っていた。その赤いスマホは奈央のもので、連絡を取られるとマズいからと、山沖が取りあげたものだった。

「お、おい……！」

「もう遅いな。ほら、これを見ろよ」

山沖が差し出したスマホの画面には、隆一郎の上で腰を振る奈央の姿がはっきりと映っていた。

「二人の顔もちゃんとわかるだろう？　これを、奈央のダンナに送ってやろうかと思ってね」

山沖がまさかのことを言う。

「よせ！　お願いだから、よしてくれ！　頼みます」

隆一郎は必死に懇願する。

「じゃあ、取引しようじゃないか。俺がいなくなってからも、俺のことを一切口にするな。俺が脱獄した目的も。ここで何をしたかも。それが約束できるなら、これをダンナに送ることはしない。わかったか？」

「わかった。そうする……」

「よし、絶対に言うなよ。いいか、これはきっちり防水して持っていくから。電源も切っておくから、ＧＰＳ機能を使って位置をさぐろうたって、無駄だからな……わかったな？」

「ああ、わかった」

山沖が陰毛からそそりたっている長大なイチモツに、スキンをかぶせながらベッドにあがる。

「これか？　奈央にもらったんだよ。中出しはダメだというから、これをつけてやってたわけだ。もう何枚使ったかな？」

山沖は「くくっ」と笑みを洩らしながら後ろにしゃがみ、奈央を前に屈ませた。

「そいつに抱きつけ……もっと。そうだ」

山沖はペッ、ペッと唾を手のひらに吐きかけて、奈央の尻の狭間に塗りつけている。

「お、おい、何をするつもりだ？」

「アナルファックだったかな？　奈央のコーモンは柔らかいぞ。この前は指二本を楽々呑み込んだ。だったら、チンコでも大丈夫だろうと思ってね」

自分の知らないところで、そんなことまでしていたことにショックを覚えながらも、隆一郎は言った。

「やめろ。するな」

「そうか？　奈央は好きだと思うぞ。お義父さまのものを前に受け入れて、俺のも後ろの孔《あな》に嵌めてもらう。奈央には最高じゃないか、そうだよな？」

「……………」

奈央が怯えた顔で、首を左右に振った。

「できるさ。あんたの柔らかいコーモンなら……その前に唾でたっぷりと濡らさないとな」

アヌスに唾液を塗られて、奈央が腰を引いて逃れようとする。

「おらっ、社長さん、しっかりと奈央を捕まえてろよ。そうしないと、あの写真をお前の息子に送りつけるぞ。いいんだな？」

「いや、それだけはよしてくれ」

「だったら、やれよ」

隆一郎はやむなく奈央の身体を押さえつけた。

「お義父さま……？」

奈央が信じられないという顔をした。

「悪いな。許してくれ。二人のためだ」

隆一郎は、そう言うしかなかった。

「いいぞ、そうだ。そのままだ」

山沖はぺっ、ぺっと唾を吐き、奈央のアヌスになすりつけている。隆一郎はすぐその下の膣に分身を挿入しているので、その様子が伝わってくる。

そして、いやがる奈央を隆一郎は押さえつけている。

(許してくれ！　あの写真を持たれている限りどうしようもないんだ)

心のなかで、奈央に謝る。

「だいぶほぐれてきたな。イケるだろう」

山沖はスキンをかぶせたイチモツにもたっぷりと唾液を塗りつけた。それから、奈央に覆いかぶさる。

いきりたっている肉の凶器をつかんで導き、

「ここか？　ここだな」

アヌスの位置を確認できたのか、ゆっくりと腰を進める。

「やっ……！」

「ケツを動かすな。そうら、ここだな」

山沖がぐっと一気に体重をかけた。次の瞬間、何か異様に太く硬いものが、分身のすぐ隣に潜り込んでくるのを感じた。

「ツーッ、ぁあああぁぁぁぁ！」

奈央が白い歯を剥きだしにして、苦しげに眉を寄せながら、隆一郎にしがみついてきた。

「うおおっ……入ったぞ。入っちまった！　おおぅ、締まってくる。あんまり締めるなよ」

山沖の喜色満面の顔が、奈央の肩越しに見える。

「コーモンの入口は窮屈だが、なかはそうでもないな。何だ、このぐにゅぐにゅしたものは？　腸の粘膜だな。おいおい、腸が膣みたいにまとわりついてくるぞ。たまらんな、奈央のコーモンは」

勝ち誇った顔で言って、山沖が様子を見るように腰をつかった。

すると、薄い肉壁一枚隔てたところで、山沖のそれが動くさまが、隆一郎にも如実にわかる。

「ぁああ、動かさないで……ダメっ……ダメっ……ツーッ！」

奈央が隆一郎に抱きつきながら、耳の隣で悲痛な声をあげる。

「こうしたら、少しは感じるかもな」

山沖が、奈央の背中を大きな手でなぞり、そして、後ろから襟足にキスをする。髪の毛をかきあげておいて、現れたうなじにキスを繰り返し、舐めはじめる。

「あっ……あっ……」

奈央はびくんびくんと痙攣しながらも、隆一郎にぎゅっとしがみついている。

「耐えてくれ。あと少しの我慢だ」

奈央に言い聞かせていると、

「あんた、自分だけいい者になろうとしているだろ？　狡《ずる》いぞ。あんたも参加してるんだからな。あれを動かせよ。突きあげろ」

「……無理だ」

「だったら、あの写真をお前の息子に送りつけるぞ。数秒後には、息子に渡っている。それでもいいんだな？」

「……わかった。やればいいんだろ」

隆一郎は内心で奈央に謝りながら、腰を撥ねあげた。

すると、勃起が斜め上方に向かって膣を擦りあげていき、

「あああうぅ……」

奈央がますますぎゅっとしがみついてくる。

「やっぱり、オマンコのほうが気持ちいいらしいぞ。苦しみを忘れさせてやるためにも、あんたが頑張るしかないんだよ……このまま、つづけろ！」

山沖に命じられて、隆一郎もその気になった。確かに、山沖の言うとおりだ。

奈央の苦痛を減らすためにも、自分が快感を与えないといけない。

隆一郎は下からつづけて突きあげた。

「ぁああ、ぁあああ……」

「気持ちいいか？」

「はい……お義父さま、気持ちいいです」

奈央が耳元で囁く。

「そうか……よし、もっとだ」

隆一郎が渾身の力を振り絞って叩きつけたとき、

「ぁああああ……！」

奈央の口から絶叫に近い声が洩れた。

山沖も腰を振っているのだった。山沖のそれが薄壁一枚隔てたところを動いている感触が手に取るようにわかる。

「どうだ？　前と後ろからされている気持ちは？　前も後ろもいっぱいで、はち切れそうか？」

山沖に言われて、奈央は何度もうなずいて、

「許してください。ほんとうにもう……」

「マゾのわりには、意外とだらしないな。二度と味わえない貴重な体験だぞ。くだら

ない見栄は捨てて、存分に愉《たの》しんだらどうだ？」

奈央は無言で顔を左右に振る。

「俺がなぜ刑務官に嫌われたかわかるか？　あいつは一度、俺のケツを犯した。その後、俺は拒否した。そうしたら、急に俺をいじめるようになった。どうしようもないよな。だけどな、これだけは言えるぞ。男が我慢できるんだから、女も我慢できる。いや、気持ち良くなれるはずだ。あんたは膣に、こいつのを入れてもらっているんだからな……あんた、動けよ」

隆一郎は刑務所のなかで起こっていたことを知らされ、やはり、そういうことはあるんだなと納得をしつつも、それを実際に聞くと圧倒されて、命じられたように腰をつかっていた。

ゆるやかに腰を突きあげながら、奈央の乳房をつかんで揉みしだく。

奈央は全身に脂汗のようなねっとりした汗を滲ませていて、乳肌がぬるっ、ぬるっとすべる。美しい乳房の全体が紅潮し、そして、乳首がこれ以上は無理というところまで硬く、せりだしていた。

「奈央さん、感じていいんだ。大丈夫。わかっているから。いいんだ、感じていいんだ」

言いながら、乳首を指で転がした。

円柱形にせりだした乳首が強い存在感を持ちながら、ねじられ、引っ張られ、押しつぶされて、

「ぁああ、ぁああ……お義父さま、わたし、わたし、もう……」

「いいんだ。そうら」

隆一郎がふたたび突きあげをはじめると、奈央の様子が逼迫してきた。

「あん、あんっ、あんっ……」

哀切な声をつづけてあげ、「ああ、ああ」と顔をのけぞらせる。

隆一郎の肩をつかむ指に力がこもり、ぶるぶると震えている。全身に滲んだ汗が部屋の明かりを反射して、ぬらぬらと光っていた。

山沖が動きを再開した。

上から覆いかぶさるようにして、怒張で奈央のアヌスを貫き、ゆっくりと抜き差しをする。

「ぁあああ、くうぅぅ……」

苦しげに顔をしかめながらも、奈央はそれに耐えている。

「いい感じだ。ケツがきゅん、きゅん締まるぞ。どうだ、男にサンドイッチにされる

気持ちは？　あんたにとってはこれ以上の幸せはないだろ？　誤解するなよ。俺たちは奈央を愉しませているんだ。二人の期待に応えろよ」

山沖が言いながら、腰を振る。

隆一郎もいきりたちを突きあげて、奈央の体内をうがつ。

つづけるうちに、奈央の気配が変わった。

「ぁああ、ぁあああ……どうにかなっちゃう。わからなくなる……いいの？　いいの？」

「ああ、いいんだぞ。イッたっていいんだ」

隆一郎も屹立を押し込んでいく。二人のリズムが合うときも、外れるときもある。

そのすべてを奈央は享受しながら、性感を高まらせていく。

眉根を寄せて、泣いているような顔をしている。だが、いっぱいに開いた口からは唾液があふれてしたたり、どこか痴呆のような表情を見せるときがある。

すべての箍《たが》が外れてしまったようだ。

「ああ、奈央……きれいだ。色っぽいぞ」

「ぁああ、ぁああ……イクわ。奈央、イクの……いいの、イッていいの？」

「ああ、いいぞ。イッていいぞ」

山沖の腰づかいが激しくなった。唸りながら、打ち込んでいる。そして、隆一郎もひたすら腰を突きあげる。

「あんっ、あんっ、あんっ……ぁああ、ぁあああ、イクわ、イク……あっ、あっ、あっ……イクぅ……やぁあああああああぁぁぁぁ、くっ！」

奈央がのけぞりかえり、気を遣ったのを確認して、隆一郎も男液をしぶかせていた。

4

隆一郎は蹴落とされて、床に転がっていた。

目の前のベッドでは、山沖が飽きることなく奈央の肉体を貪りつづけていた。

気を遣ってふらふらになった奈央に正面から挿入して、抱きしめながら、

「ケツの孔までつかえるとはな……あんたに惚れたよ。このまま別れるのは惜しい。絶対に迎えにくるからな」

耳元で囁き、キスをする。

驚いたのは、奈央がそのキスをいやがることもせずに受け入れていることだ。

それどころか、解放された手で山沖の背中を抱きしめながら、その分厚い唇に自ら

の唇を押しつけているのだ。二人の口の間で舌がちろちろと戯れあっている。

（……………！）

隆一郎は強烈なショックに打ちのめされる。

アヌスまで奪われたというのに、奈央はキスに応えて、自分から舌を入れている。

しかも、その寸前に『迎えにくる』と言われたというのに。

（ということは、奈央もこの脱獄囚を愛してしまっているのだろうか？　迎えにきてほしいと思っているということなのか！）

自分が考えているよりはるかに、奈央はこの男のセックスに屈しているのではないか？

目の前が真っ暗になってきた。

二人はお互いの唇を吸いあいながら、セックスの悦びを満喫しているように見える。

山沖が激しく腰を叩きつけ、奈央は足をM字に開いて、山沖のイチモツを深いところに導き入れ、舌と舌をからませている。

奈央の細く長い指が、山沖の逞しい背中にしがみつき、そして、腰に降りていき、もっと深くにちょうだいと言わんばかりに、両手で山沖の腰を抱き寄せる。

山沖がキスをやめて、上体をあげた。

すらりとした足の膝裏をつかんで持ちあげ、持ちあげて開かせ、イチモツを叩き込んでいく。

「あんっ、あんっ、んんっ、んっ……」

奈央が右手の人差し指を噛んで、喘ぎをこらえた。

「いいんだぞ、奈央。自分を抑えるな。声を聞かせろ」

山沖に言われて、奈央はおずおずと口から手を離した。つづけざまに叩きつけられて、

「あんっ、あんっ、あんっ……ぁあああ、いいの。いいのよぉ」

奈央がそう口走った。

（いいだと、いいだと……！）

その瞬間、隆一郎の胸にめらめらと燃え盛るものがあった。

「迎えにくるからな。逃げ切って、お前を迎えにくる」

奈央が首を左右に振った。

「いやとは言わせないぞ。俺にはあの写真がある。あれがある限り、奈央は俺には逆らえない。お前だって、ほんとうは俺と別れたくないんだろ？　この身体が俺を求めている。そうら、もっとだ。もっと……」

山沖が膝裏をつかんで持ちあげ、強く腰を叩きつけた。

「……んっ、んっ、んっ……ぁあああ、ぁああああ、許して……イクわ。わたし、またイッちゃう！」

奈央が切羽詰まってきた。と、山沖は急に腰の動きを止めて、

「迎えにきたら、必ず俺についてくると誓え。そうでないと、このままだ」

「……ああ、意地悪だわ」

奈央が潤んだ目を向けて、首を左右に振った。

「俺が意地悪なのは、わかっているだろうが。奈央は意地悪されると、燃えるだろ？そういうふうにできているんだよ。抜くぞ！」

「いやっ……！」

奈央が足で、山沖の腰を挟んで、引き寄せた。

「つづけて……つづけてください……ぁああ、ぁあああうぅ」

奈央が甘えた声をあげて、自ら腰をまわし、恥肉を擦りつける。

「ふふっ、何だよ、このいやらしい腰は？　そんなに俺のチンコが好きか？　答えろよ！」

問い詰められて、奈央がこくんとうなずいた。

「じゃあ、迎えにきたら、ついてくるな？　答えろよ！」

奈央がとまどいがちにうなずいて、「ああ、わたし……」と両手で顔を覆った。

「見たか？　今、奈央はうなずいたぞ。耄碌《もうろく》ジジイの粗チンじゃあ、満足できないんだってよ。絶対に迎えにくるからな。それまで、奈央を大切にしておくんだぞ。それから、もう一切手を出すなよ」

山沖がこちらを向いて、勝ち誇ったような侮蔑したような顔をした。

その瞬間、隆一郎に殺意が走った。

（こいつは絶対に許せない。生かしておいたら、ダメだ。どう転んでも、身の破滅だ……それ以上に、俺のプライドを踏みにじった！）

ベッドでは、山沖がふたたび腰をつかいはじめた。

奈央の膝をすくいあげて、激しく腰を打ち据えている。

「あんっ、あんっ、あんっ……ぁああ、ぁああうぅ」

奈央が両手でシーツを鷲づかみにして、のけぞるのが見えた。

今、山沖は奈央をイカせることに夢中で、まったく無防備だった。やるなら、今しかなかった。

隆一郎は周囲を見まわす。テーブルの上に載っている花瓶のところで目が止まった。

大きめの陶器の花瓶で、これなら相当の打撃を与えられそうだった。

幸いにして、隆一郎は手をくくられていない。さっき解かれて、そのままになっている。山沖が油断をしたのだ。

隆一郎は物音を立てないように慎重に動いて、テーブルの上の花瓶を持った。ずっしりとして重みがある。

ベッドでは、山沖が奈央をイカせようと遮二無二なって、腰を躍らせている。

奈央の喘ぎ声が高まり、ベッドの軋みが、隆一郎の気配を消す。

隆一郎は忍び足でベッドに近づいていき、陶器の花瓶を大きく振りあげた。

それに気づいた奈央が「あっ」と声をあげて、山沖がこちらを振り返ろうとしたとき、隆一郎は花瓶を頭部めがけて振りおろした。

ゴンッと鈍い音がして、頭蓋骨《ずがいこつ》を打撃する生々しい感触があり、そして、山沖が壊れた人形のように倒れた。昏倒して、ぶるぶると痙攣している。

第七章　欲望の彼方《かなた》

1

ぐったりした山沖に来たときのシャツとズボンを穿かせ、粘着テープで身体を拘束して、車のトランクに入れた。

助手席に奈央を乗せて、家の車庫を出た。

外は驟雨《しゅうう》で、激しくワイパーを動かしても、前がはっきりと見えないくらいだ。

「やはり、よしましょう。このまま、警察に突きだしましょう」

雨合羽《あまがっぱ》を着た奈央が助手席から声をかけてくる。

山沖は頭部に外傷を負ったものの、意識は回復していた。おそらく、決定的なダメージは与えられていない。

「ダメだ。警察で、こいつは間違いなく二人のことをしゃべる。それだけじゃない。奈央さんとのこともきっと面白がって、しゃべる。そうなったら……週刊誌が面白おかしく書きたてる。ネットでも、無責任なやつらが、脱獄囚に犯された人妻と騒ぎ立てる……。そうなったら、私も奈央さんも破滅だ。山沖はこの世から消えてもらうしかないんだ……。平気だ。事故に見せかけるから。私に任せてくれ。たとえ捕まっても、奈央さんは庇《かば》う。あなたは何もしていないと突っぱねる……とにかく、今は検問に引っ掛からないことを祈るのみだ。もしも引っ掛かったら、そのときは仕方がないから、山沖を警察に突きだすところだったと言う」

隆一郎は計画を告げた。助手席では奈央が頭を抱え込んだ。

心のなかでは当然のことながら、納得はしていないだろう。

いくら脱獄囚とはいえ、男をひとりこの世から抹殺することになるのだから。

それに、隆一郎と奈央の山沖に対する思いは違う。

隆一郎は、死ね、と思っている。明確な殺意を抱いている。しかし、奈央は山沖に情が移ってしまっている。

（しかし、この男は生かしておいたら、ダメだ。殺すしかない。しかも、事故に見せかけて）

隆一郎は、岬の突端に向かっている。低い崖になっていて、そこから、山沖を突き落とすつもりだ。

寸前に拘束は解く。

山沖は自由になるが、これだけ弱っているのだから、崖から落とされれば衝撃で体を傷めるだろうし、たとえ助かったとしても、対岸まで泳ぐだけの力は残っていないだろう。海峡の潮は止まっていても、あそこは沖に向かう強い海流があって、この島に戻ることはできない。

「検問はやっていないようだな」

「……やめましょう。人を殺したら、ずっとそのことで苦しむことになります」

奈央がこちらを見た。

透明な雨合羽をはおっているが、その下はノースリーブで襟ぐりの大きく開いたブラウスを着ているので、視線が胸の谷間に向かってしまう。

「いや、人を殺すわけじゃない。拘束は解いて、海に落とすだけだから、運が良ければ生きて、陸地にたどりつくさ」

「でも、もし生きていたら、きっと彼は報復してきます」

「このままでも、どうしようもなかっただろ？　あいつは奈央さんを迎えにくると言っていた。同じだよ。私をナメていたんだ。だから、見せつけてやった」

車中に沈黙が流れた。

激しい雨が車体に叩きつける音がして、しゃべっていないと逆に車中は静かな感じがする。

驟雨でますます視界が悪くなった夜の道を、ヘッドライドとナビを頼りに低速で進んでいく。警察官も検問もまったくない。

おそらくこの雨では、犯人もどうせ外出はできないと、道路の警備が甘くなっているのだろう。そういう意味では、山沖の狙いは正しかった。

だが、山沖は奈央に夢中になって、隆一郎への警戒を怠った。隆一郎をナメすぎていた。それが命取りになった。

「このへんだな」

隆一郎は車を蔭に面した道路で止め、黒の分厚い雨合羽をはおって、外に出た。

頬を打つ痛いほどの雨を感じながら、後ろのトランクを開けた。

後ろ手にくくられて、胎児のように横になっている山沖を起こして、車外に引きずりだそうとしたが、重くて引きずりだせない。

すると、見かねたのか、奈央が車から出てきた。

透明な雨合羽を雨に打たれながら、近づいてきて、山沖を引きずり出すのを手伝った。山沖はまだ頭部を打撃された後遺症が残っているのか、足元がふらついている。

だが、意識はあって、

「どういうつもりだ？　海に投げ込むつもりか？　殺人だぞ。警察に捕まったら、実刑を食らうぞ。いいのか？　考え直せ。何もしないから。もうあんたらとは一切手を切る。何も言わない。だから、このまま行かせてくれ。俺は母親の手術費を出してやりたいんだ。だから、考え直せ」

山沖はそう訴える。しかし、隆一郎は無言で山沖を崖っぷちまで連れていく。

「わかったよ。解放してやる」

隆一郎は山沖を押さえつけておいて、奈央に腕の粘着テープを剝がすように言う。

奈央が後ろにまわって、腕のテープを剝いでいく。

「あんたの言うように行かせてやる。頑張れば対岸まで泳ぎつけるだろう。言っておくが、海流の関係でこの島には戻れない。泳ぎきるしかないんだ。あとは、あんたの運と根性だ」

「おい……ここからか？」

「そうだ」

「奈央、助けてくれ。ここからじゃ、無理だ。奈央、随分と愉しんだじゃないか？　俺とのセックスが忘れられないだろ？　だから……」

「お別れだ」

奈央がテープをだいたい解き終えたのを見計らって、隆一郎は山沖の背中を後ろから押した。

最後にドンッと突くと、崖ぎりぎりに立っていた山沖が何やら叫びながら、姿を消した。

下を覗き込むと、雨で煙る白波を立てている海面に山沖が水しぶきをあげて落ち、もがいているのが見える。

奈央もすぐ隣でその姿を見ている。

山沖は海流で沖へ沖へと流されながらも、テープが解けたのだろう、必死に顔を出し、両手をバタバタさせていたが、やがて、水面から没して見えなくなった。

「戻ろう」

隆一郎は奈央に声をかけて、くるりと踵《きびす》を返す。だが、奈央はその場にしゃがみこんで、肩を震わせている。

自分がしたことの罪悪感に苛《さいな》まれているのだろう。

「奈央さん、しょうがなかったんだ。運が良ければ助かるよ」

肩に手を置き、そして、腋の下を支えて立ちあがらせた。

と、奈央は身を寄せてくる。

肩を抱くと、濡れた雨合羽の下で身体が小刻みに震えていた。

「なかに入ろう」

隆一郎は奈央を抱き寄せたまま、車のドアを開けて、奈央を助手席に入れ、自分は雨合羽を脱ぎながら反対側にまわって、運転席に座った。

早く、この場を離れたかった。

だが、助手席でうつむいて、震えている奈央を放ってはおけなかった。

「大丈夫。一切の責任は私が取る。奈央さんは何もしていない。何が起こったのかも知らない。奈央さん……」

心配になって、膝に手を置いた。

透明な雨合羽が濡れて、その前が開いて、水分を含んだスカートに手が触れた。

「お義父《とう》さま……わたし、気が狂いそう」

奈央が雨に濡れた顔をあげた。長くカールした睫毛に雨の滴《しずく》がついて光っている。

「大丈夫だ」

隆一郎は助手席側に体を向けて、奈央を抱きしめた。

ずぶ濡れの肢体を抱き寄せていると、奈央が顔を寄せて、唇を合わせてきた。

隆一郎も応えて唇を重ねる。どちらからともなく舌が差しこまれ、舌と舌がからみあった。

寒かった。だが、奈央の口腔だけが温かかった。

唇を吸いながら、隆一郎は右手を奈央の膝に伸ばした。雨合羽がはだけ、水分を吸ったスカートに手が触れた。たくしあげると、温かい太腿が待っていた。

太腿の奥に手を伸ばすと、これも湿ったパンティがあって、基底部を指でなぞると、

「んんっ、んんんっ……」

奈央はくぐもった声を洩らしながらも、ますます強く唇を吸い、舌をからめ、隆一郎にしがみついてくる。

奈央は昂奮しているのだと感じた。

自分を抱いた男が海の藻屑と消えた。しかも、自分がそれを手助けした。あのままいけば、きっと山沖は溺死するだろう。

わたしは人殺しに加担した——。

きっとそんな究極の思いが、奈央の性欲をかきたてているのだ。

それは、隆一郎も同じだった。

凌辱者を葬ったのだ。絶望と歓喜が入り交じった高揚感が、体を満たしている。

その証拠に、いきりたった分身がズボンを痛いほどに突きあげていた。

舌をからめながら、湿った基底部を撫でさすると、

「んんんっ……んんんんっ……」

奈央はひしと抱きつきながら、下腹部をくねらせる。

(ああ、奈央はこんなときにも男を欲しがるのだ)

頭のなかで射精が起こった。いや、そう感じた。脳天が痺れ、全身を異様な昂奮が貫いている。

自分が昂っているのを知ってほしくなって、奈央の手を股間に導いた。

ふくらんで硬くなっているものを、奈央はためらうことなくさすり、情熱的に撫でてくる。

隆一郎はズボンに手をかけて、ブリーフとともに膝まで引きおろした。

転げ出てきた肉の塔を、奈央は握ってしごきながら、情感たっぷりに唇を合わせてくる。

湧きあがる愉悦のなかで、パンティの基底部をさすると、

「ぁあぁ、ぁあああ……いいの。お義父さま、わたし、おかしくなってる。気が触れたのよ」

そう言いながら、奈央は足を大きく開いて、濡れている箇所を隆一郎の指に擦りつけてくる。

パンティの上から手をすべり込ませた。

そこはびっくりするほどに濡れていて、ぬるっとした粘液が指にからみついてくる。愛蜜ばかりか、ひろがった粘膜までもが指を包み込もうとする。

(ああ、奈央……！)

2

濡れた黒髪を下へ押さえつけると、奈央は抗うことなく、身体を折り曲げて、運転席に屈み込んできた。

股間からそそりたっている肉の柱をつかんで、唇をひろげながらすべらせる。

「くっ……！」

温かくて、湿った口腔に包まれて、隆一郎は顔を撥ねあげる。

細めた目に、フロントガラスを激しく叩く雨の粒が見える。車体を叩く雨音とともに、崖に押し寄せるザブーン、ザブーンという波音が聞こえる。

そこに、肉棹を頬張るぐちゅぐちゅという唾音が混ざり、下腹部から甘く痺れるような快感が立ちのぼってきた。

奈央を安心させたくて言った。

「心配するな。山沖はもう溺れて死んでいる。そのうちに、死体があがるだろうが、海峡を渡ろうとして溺れ死んだと判断されるだろう。あいつがうちにいたという証拠はないんだ。これで、また日常に戻れる。何もなかったんだ。何も……」

濡れた髪を撫でると、奈央が肉棹から顔をあげ、また抱きついてきた。

感情をぶつけるようなキスをし、そして、いきりたつものを指で握ってしごく。

それから、また顔を伏せて、いきりたつものを頬張った。

「おおぅ、奈央……最高の女だ。こんないい女、他の男に渡すわけにはいかないだろう。おおぅ、ぁあぁ……奈央と繋がりたい」

言うと、奈央はちゅるっと吐き出して、スカートとパンティを脱いだ。

「そこにいろ」

隆一郎は狭い空間を渡っていき、助手席のリクライニングシートをいっぱいに倒して、助手席とフロントパネルの間にしゃがんだ。

すらりとした足を持ちあげて開かせると、女の肉花が真っ赤な粘膜をのぞかせた。

I字に生えた清楚な陰毛といい、美しい左右対象の形を示す色素沈着の少ない陰唇といい、そこには乱入者に犯されたという形跡はいっさいなかった。

「きれいなままだ。そうだ、何もなかったんだ。この四日間のことはきれいさっぱり忘れよう。いいね？」

「……はい」

「それでいいんだ」

隆一郎は股ぐらに顔を寄せて、愛おしい女の秘部を舐めた。

淫蜜にまみれた女の花芯は舌を走らせるほどにひろがって、内部の鮭紅色をいっそうのぞかせ、あふれでる蜜が隆一郎の口許をべとべとにした。

「あああ、ぁああああ……」

と、奈央が頭をヘッドレストに当てて反らしながらも、大きくひろげた下腹部をぐいぐいと擦りつけてくる。

透明な雨合羽を通して、仄白い下半身が見える。

そして、奈央はのけぞりながら右の人差し指を噛んで、陶酔するような声を長く伸ばしている。

あっと思った。

奈央はまるで両手をひとつにくくられてでもいるように右手で左の手首を握っているのだ。

（そうか……そういうのが気持ちいいんだな。わかった。これからは、手首を縛ってやるからな）

隆一郎は下のほうでひくついている膣口を指で刺激しながら、陰毛が流れ込むところで尖りたっている肉芽を舐めた。

と、突起が一気に硬くなって、膣口からもぬるっとしたものがいっそうあふれた。

奈央は下腹部を上下に波打たせて、

「ああぁ、あああ……お義父さま、お義父さま……」

何かにすがるような目を向けてくる。

「欲しいのか？」

奈央はうなずいて、恥ずかしそうに目を伏せる。

隆一郎は上体をあげて、いきりたつものを押しつけた。ぬるっとした潤みの中心に向かって、静かに肉棹を沈めていくと、それが狭隘な肉路をこじ開けていき、

「うあっ……！」

奈央はのけぞりながら、両手でシートの上部をつかんだ。

透明な雨合羽を通して、ブラウスの胸がこんもりと盛りあがっているが見える。

たまらなくなって、雨合羽の前をひろげ、さらに、ブラウスのボタンも外した。白いブラジャーごと乳房を揉みしだくと、

「ぁああ、こんな……うっ、あっ……ぁあうぅ」

奈央が口に右手を持っていき、人差し指を噛んだ。

ブラジャーの上から、乳首を捏ねる。片方の突起を指で転がしながら、もう一方の乳房を揉みしだく。

それから、ブラジャーをぐいと押しあげる。

転げ出た乳房はいつものように美しい形で盛りあがり、頂上の乳首がピンク色にぬめっている。

がばっと顔を埋めて、乳首を頰張った。

吸いながら、片方の乳首を指で捏ねると、

「ああ、あああ……お義父さま、気持ちいいの。どうしようもなく気持ちいいの……抑えられない。こんなわたし、いやでしょうね」

奈央が顔をあげて、潤んだ目を向けてくる。

「バカな。いやなはずがないじゃないか。こんな奈央が好きだ。大好きだよ」

そう言って、隆一郎はキスをする。

助手席で折り重なるようにして、唇を奪う。すると、奈央も抱きつきながら、キスに応える。

唇を吸いあい、舌を打ちつけながら、隆一郎は腰を動かした。

すると、奈央は足をM字に開いて、屹立を深いところに導きながら、隆一郎の唇や舌を貪る。

人生で、これ以上の至福は、二度と訪れないだろうという予感がした。

唇を離して、奈央の乳房を揉んだ。

雨に濡れた乳房は冷えきっていたが、充分に柔らかく、肉層が指にまとわりついてくる。

そのとき、自動車の走行音が近づいて、ヘッドライトの明かりが車内を通りすぎた。ハッとして、隆一郎は腰を引いて、結合を外す。

外に目をやると、一台のトラックが近くの道路を通りすぎていくところだった。

「大丈夫だ。トラックが通ったんだ」

言うと、奈央がホッとした顔をした。

「戻りましょう」

「待て。その前にやりたいことがある……ずぶ濡れになるけどいいか？」

奈央がこくんとうなずいた。

「外でやりたい」

「外で？」

「ああ……雨のなかで、奈央としたい。どうしてもしたいんだ。大丈夫、この雨で道路からは見えないはずだ」

奈央は少し考えていたが、やがて、うなずいた。

「よし、出るぞ」

まずは、隆一郎が車から出て、奈央の手を引いて外に連れ出した。

どしゃぶりだった。

滝のように降り、肌を叩きつけてくる雨が痛い。

見る間に、隆一郎も奈央もずぶ濡れになった。奈央の黒髪から滴がしたたって、落ちている。

透明な雨合羽を通して、奈央の白い下半身が見える。

「奈央、しゃぶってくれ」

言うと、奈央が前にしゃがんで、半勃起している肉茎を頬張った。

他は冷たいのに、奈央の口だけは温かい。

「んっ、んっ、んっ……」

奈央は驟雨をものともせずに、肉棹をしゃぶってくれる。

強い雨が黒髪を打ち、乱れて張りついた髪から、間断なく滴が垂れ落ちる。

「奈央、お前以上の女はいない」

言うと、奈央が顔をあげた。

ととのった優美な顔を雨のベールで覆われながらも、一心不乱に唇をすべらせる。

雨が目に入るのか、目を閉じている。

それでも、唇の赤さは驟雨のなかでもはっきりと見える。

「大丈夫だ。ありがとう」

奈央を立たせて、車のフロントのほうに連れていく。灰色のボンネットに両手を突かせて、腰を後ろに引き寄せた。

「ああ……！」

奈央が背中をしならせながら、尻を突きだしてくる。

雨合羽が腰までめくれあがって、剝きだしのヒップが雨に打たれて、赤く染まっている。雨のベールに包まれた尻は、エロチックすぎた。

光沢のある尻をつかみ寄せて、腰を進めた。

いきりたつものが尻たぶの底に沈み込んでいき、

「ぁあああ……！」

奈央がどしゃぶりの雨音に負けないくらいの嬌声をあげて、顔をのけぞらせた。

「うおおお……！」

隆一郎も吼えながら、腰を叩きつけた。

雨に濡れた肉棹が、女の割れ目を激しくうがち、叩き、

「あんっ、あん、あんっ……」

奈央が顔を撥ねあげた。

ボンネットをつかむ指を鉤《かぎ》形に曲げながら、首から上をのけぞらせる。

降りしきって、叩きつけてくる雨が痛い。周囲は真っ暗で、唸るような潮鳴りと岩場に叩きつける波音が聞こえる。

自分は脱獄囚を落とした崖で、この驟雨のなか、息子の嫁を抱いている。

ムチャクチャだ。

だが、気持ちがいい。

隆一郎は吼えながら、腰を叩きつける。

バスッ、バスッと音がして、分身が奈央の体内深く打ち込まれる。奈央はがくん、がくんと顔を揺らし、膝を落としそうになりながらも、歓喜の声をあげている。

「あんっ、あんっ、あんん……ぁああ、すごいわ。すごい……」

「おおぅ、奈央さん。イクぞ。出すぞ」

「ぁああ、ちょうだい。お義父さま、ください……ぁあああ、イクわ、イキます」

「おおぅ、そうら、イケ……出すぞ！」

これが止《とど》めとばかりにつづけざまに腰を打ち据えた。そのとき、

「イク、イク、イク……イキます……やぁあああああああぁぁぁ、くっ！」

奈央が絶頂の声をあげて、頭を撥ねあげた。

がくがくっと痙攣するのを見て、もうひと突きしたとき、隆一郎にも至福の瞬間が訪れた。

「うっ、あっ……！」

尻をつかみ寄せながらも、腰を突きだした。男液がすごい勢いで噴き出て、目が眩《くら》んだ。凄まじい快楽だった。

そのとき、いきなり発作が起こった。

「ぐふっ、ぐふっ、げほほ」

隆一郎は胸を押さえて、その場にしゃがみ込んだ。

3

翌朝、隆一郎はリビングのソファで寛いでいた。

昨夜は、奈央の夜を徹しての介抱を受けて、一時の危険な状態からどうにかして立ち直った。

もし奈央が気を利かして、吸入器を持参していなかったらと思うと、ぞっとする。

奈央はあれから、徹夜で隆一郎の看病をしながら、山沖が残していった足跡をひとつ残らず消し去った。

シーツも新しいものに変え、古いものは洗濯機にかけ、山沖が身につけた衣類はまとめてゴミ袋に入れた。

(女っていうのはすごいな……)

もちろん、山沖を溺死させてしまったのだから、証拠隠滅のために足跡を消すというのはわかる。

しかし、それ以上に、奈央は自分の記憶からも山沖のことを消し去ってしまいたいようだった。

その奈央が二階の掃除を終えて、リビングにやってきた。

さすがに徹夜で憔悴を隠せないが、目は爛々と輝いていて、女の逞しい生活力のようなものを感じた。

「彼はどうなったんでしょうか……？」

隆一郎の隣のソファに座って、訊いた。

「水死体があがっているかもしれない」

隆一郎はリモコンでテレビのスイッチを入れた。

ニュース番組に変えたとき、いきなり臨時ニュースが飛び込んできた。アナウンサーが昂奮を隠せない様子で、

『脱獄囚の山沖達生が捕まりました。数時間前に、本州に泳ぎついたところを警戒中の警官に捕捉されたようです』

そのアナウンスを聞いても、隆一郎はそれを事実だと認定するのには時間がかかった。

生きていたのだ。

山沖はあの状態で、どうにかして海峡を泳いで渡り、対岸までたどりついたのだ。

隣を見ると、奈央が口を手で押さえ、目を見開いて、固まっている。

つづいて、映像が流れた。

それは、山沖が両手を縄でくくられて、警察に入っていくところだった。

山沖がクローズアップされた瞬間、山沖が何か叫んでいるのがわかった。

音声が悪く、何を言っているのかはっきりとはわからない。

だが、山沖はテレビカメラに向かって、同じことを繰り返し叫んでいる。

おそらく、一般的なテレビの視聴者にはわからなかっただろう。だが、隆一郎には
彼の言葉が読み取れた。

『奈央、待ってろ。必ず迎えにいくからな……奈央、待ってろ。ムショを出たら、絶対に迎えにいくからな。それまで、待ってろ。いいな、奈央』

隆一郎は啞然として、奈央を見た。

奈央にも彼の言葉がわかったのだろう。顔から血の気が失せていた。

「心配するな。あいつがああ言うんだから、私たちのことは黙っているつもりなんだ。かえって好都合じゃないか」

肩を抱き寄せると、奈央が顔を寄せて、腕にすがりついてきた。その手の震えを感じながら、

「大丈夫だ。山沖は残っていた二年の懲役に、今回の脱獄の分や車の盗難の懲役が重なる。出られるのは、ずっと後だ。それに……もし出てきたとしても、私が奈央さんを護る。絶対に護る」

肩を抱き寄せると、奈央がぎゅっとしがみついてきた。

その震えを感じながら外を見ると、島には白い霧がかかっていて、いつもは美しい景色が白日夢のように非現実的なものに見えた。

（了）

※本作品はフィクションです。
作品内の人名、地名、団体名等は
実在のものとは関係ありません。

長編小説
孤島《ことう》の蜜嫁《みつよめ》
霧原一輝《きりはらかずき》

2018年8月27日　初版第一刷発行

ブックデザイン……………………… 橋元浩明(sowhat.Inc.)

発行人……………………………………………… 後藤明信
発行所…………………………………… 株式会社竹書房
〒102-0072　東京都千代田区飯田橋2－7－3
電話　03-3264-1576（代表）
03-3234-6301（編集）
http://www.takeshobo.co.jp
印刷・製本……………………………… 凸版印刷株式会社

ISBN978-4-8019-1581-7　C0193